初恋

变奏曲

万象文库·中短篇小说

张富广◎著

人民日报出版社

图书在版编目（CIP）数据

初恋变奏曲／张富广著．—北京：人民日报出版
社，2015.1
ISBN 978－7－5115－2976－3

Ⅰ．①初… Ⅱ．①张… Ⅲ．①中篇小说—小说集—中
国—当代 Ⅳ．①I247.5

中国版本图书馆 CIP 数据核字（2015）第 011045 号

书　　　名：初恋变奏曲
著　　　者：张富广

出 版 人：董　伟
责任编辑：万方正
封面设计：中联学林

出版发行：人民日报出版社
社　　　址：北京金台西路 2 号
邮政编码：100733
发行热线：（010）65369527　65369846　65369509　65369510
邮购热线：（010）65369530　65363527
编辑热线：（010）65369844
网　　　址：www.peopledailypress.com
经　　　销：新华书店
印　　　刷：北京天正元印务有限公司

开　　　本：710mm×1000mm　1/16
字　　　数：175 千字
印　　　张：14.5
印　　　次：2015 年 3 月第 1 版　2015 年 3 月第 1 次印刷

书　　　号：ISBN 978－7－5115－2976－3
定　　　价：45.00 元

目　录
CONTENTS

初恋变奏曲

一

1981 年 9 月 25 日傍晚。

"……幸福不是毛毛雨，不会从天上掉下来……毛毛雨啊毛毛雨……"

辛苦一天了，S 省人民医院中医科副主任医师高岩迈着轻盈的脚步，唱着这优美的歌曲走进一号宿舍楼二楼东头的 218 房间。脱去白大褂，在柔软舒适的三人布艺沙发上靠了几分钟之后，她倏地站起身，似乎想起了什么？啊，她似乎感到了一个人的寂寞。于是，她走到写字台前按下了上面"大三洋"双卡立体声收录机的播放键，歌唱家于淑珍演唱的《我们的生活充满阳光》的电影插曲，便在这温馨浪漫的空间荡漾开来："幸福的花儿心中开放，爱情的歌儿随风飘荡……亲爱的人啊携手前进……我们的生活充满阳光……"

是啊，房间里用水曲柳木料做成、淡青色漆就的三开门的大衣柜、写字台、五斗橱、小书柜新颖而别致，在柔和的灯光下熠熠生辉；蓝格白底的布艺沙发、柔软舒适的席梦思床和落地灯都是最时髦的家具。朝阳窗台下两天前刚买的两盆含苞待放的紫玫瑰和一盆盛开着的粉红色月季花散发出阵阵馥郁的芳香。

美好的现实，优越的工作与生活环境，怎能不令她如醉似痴、心花怒放呢？是啊，几天之后这里就是她与他的新婚洞房。

"啪!"高岩用右手拇指和中指得意地狠搓了一下,猛地站起身对着大衣柜的穿衣镜自我欣赏起来:修长的身段、高高隆起富有弹性的胸脯、白皙细腻的瓜子脸、一双脉脉含情的大眼睛宛如两泓清澈的秋水;刚整过的乌黑少带波浪卷的齐耳秀发沁出诱人的清香;加之那淡雅的银灰色西装、雪白的衬衣穿在身上是那么的合体。29 岁了仍然像二十刚出头的窈窕淑女。她情不自禁地用双手从上到下轻轻地抚摸一下自己面颊,痴痴地自我欣赏着,脸上现出美的笑靥。

"幸福不是毛毛雨,不会从天上掉下来……"高岩和着立体声欢快乐曲徜徉在属于她的自由天地里。幸福不是毛毛雨,不会从天上掉下来。这一点儿谁能比她体会得更深刻呢?!这幸福是医学院四年寒窗辛劳拼搏换取的。

"洞房花烛夜,金榜题名时。"此乃人生四大喜事其中两件,后者她已得到,而前者亦近在咫尺,这两把金钥匙她眼看都抓到了。一年前,在雅琴姐的撮合下,她与北京某部队机关的文化干事、年轻帅气的 21 级军官杨明华定了终身。很快,她将要嫁给他,像别的女人一样组成自己美满幸福的家庭。不过,现在她总嫌时间老人脚步蹒跚,这一天来得太慢、太慢。国庆节,虽说距国庆节仅有区区一周时间,但此时她急切的心情似乎能把秋水望穿。

半月前,同事李淑云搬走了。两人宿舍成了单人宿舍,不过这是暂时的。10 月 1 日这里将成为她和他的新房,她将在这里度过花烛良宵这人生最圣洁、幸福的时刻——跨越姑娘到少妇的最后分界。想到这里,她感到心跳加快,有点儿羞怯,脸上禁不住浮出一层淡淡的红晕。"紧张什么?真没出息!爱情发展的最高境界,事之必然嘛。哪个姑娘没有这一场啊?!除非终身不嫁。"她自我嘲讽着安慰自己,并憧憬着美好的未来……

歌声停止了。高岩正对着墙上玻璃相框中一幅彩色照片凝神。

这是她去年在北京度假时，和杨明华确定关系后的 10 月 2 日，在颐和园知春亭旁拍下的一张她最为惬意的照片：自己和杨明华紧紧地偎依着，坐在那块不知多少恋人曾坐过的、磨得发光的灰褐色石头上，笑容是那么自然、那么陶醉。多好的背景啊：头上湛蓝的天穹，偶尔有几缕白云掠过；面前是随微风婆娑舞动的垂柳；身后碧绿清澈的昆明湖水不时荡起层层涟漪，含苞待放的粉红色荷花玉立其中；西北方向波光粼粼的湖面上映衬着万寿山、佛香阁的倒影，真是美轮美奂。她身着淡淡的水红色连衣裙是何等超凡脱俗、妩媚动人；心上人白白净净的脸庞，浓眉下一双不大不小的眼睛透射出智慧、坚毅的目光；一米七八的个子，配上一身崭新合体的深绿色军装显得格外英俊、潇洒。是啊，真是天生的一对，地造的一双。她就这样独自久久地欣赏着、陶醉着。

古人早就有"望梅止渴"一说，此时高岩的心里有说不出的惬意。她想，如果当时用摄像机拍摄下来的话，不是可以和影视剧中情侣在海滩湖畔牵手漫步、拥抱接吻的镜头媲美吗？对，她想起来了，就在她和杨明华请别人为他们拍照时不是看见前方不远处有几个高鼻子的老外叽哩呱啦地说着什么，正操纵着一架摄像机对着他们这个方向拍摄吗？对，想必我们也会出现在荧屏上，也会使不少人艳羡、嫉妒呢，即使出现在国外又怎样呢？那也是让人自豪的呀。她满足了，躺在沙发上甜甜地闭上了眼睛……

二

"咚咚咚!"

"谁呀?"听到叩门声，高岩抬起头问了一声，无人回答。

"砰砰砰!"

她急忙站起身，打开房门。

"是你呀，鬼丫头，我当是……"

"当谁呀？当是北京的那位贵客了吧！看都把你给想傻了吧？哎哟，不见眼中人，天长音信断；长相思，摧心肝。哈哈哈……"说罢，李淑云又嘻嘻哈哈地笑了起来。

"坏东西，你都胡诌些什么呀。"她在李淑云胳膊上使劲拧了一下。

"哎哟！不吃辣椒心不发烧。脸红什么？说呀！"

李淑云今年 23 岁，是去年刚分配过来的本科生，开朗、顽皮、好动；匀称的身材，一双眨巴眨巴的大眼睛仍流露出孩子般的稚气。

"岩姐，快说么，到底想谁了？准不是想我吧？"李秋云仍然不依不饶地靠着门框嬉闹。

"坏东西，掐你的舌头，你咋呼个啥呀，让别人听到……"

"听到就听到呗，你怕什么，又不是偷的。"

"去去去！你还进不进屋里？不想进就快滚，嗯！"她声音不高却很严厉。

然而，李淑云并不怕，仍然和她嬉闹着。

"好吧，想让我滚？行，我滚，我滚。"

李淑云又咯咯地乐了起来。只见她一边天真而又诡秘地笑着，一边从风衣口袋里掏出了个纸卷儿，故意在高岩眼前划了个弧线，"北京来的。岩姐，你可别后悔啊？"说完转身装作要走。

"给我！"她怎能放她走呢？高岩一步跨上去抢过纸卷，两人连扯带拉地进了房间，然后倒在了沙发上。

"岩姐，咱不闹啦，说点正经事。人们总说分居两地的恋人，每当看到对方的一次来信或一张照片，就是享受一次幸福的过程。你说是这样吗？"

李淑云用胳膊挽着高岩的脖子认真地问道，然后将身子紧紧地向高岩凑了凑，等着回答。

"嗯，既然大家都这么说，也许是吧，可也不一定都是这样……唉，怎么说呢……"此时，高岩的脸上似乎掠过一丝微微的、令人难以觉察的隐痛。

"哎，说大家干啥，就说你自己嘛。"

"这咋好说嘛，你这个人鬼精灵，以后你自然就会懂得的，小滑头。"

"你才叫滑呢。"李淑云憋不住了，夺过高岩手里的纸卷就要拆开。

"别动！给你拿糖果慰劳一下还不行吗？"

"好好好！不让看就不看。难怪人人都说爱情是自私的呢！"

高岩趁着拿糖的机会，早已把纸卷塞进写字台抽屉里。

"好，吃糖就吃糖，可这叫吃的什么糖哟？"

李淑云剥了一颗水果糖含在嘴里，又将其余的糖果全部捧到写字台桌面上："留着等国庆节作喜糖吧。"

"爱情本身就是自私的，傻姑娘。"高岩暗自嗔怪李淑云，哪有拿情书让别人评头论足寻开心的，那叫傻。情书的秘密只能让一个人知道，这甜蜜幸福自然不能和别人分享，高岩也是同样。

"死顽固，不看了，走啦。岩姐，先说好，明天看见你熬红了眼，我可要……好吧，对不起，打扰你了女神！晚安！拜拜！"

李淑云"砰"地带上门哼着歌儿知趣地走了。

"还算你聪明，早该走啦。"她心里埋怨道，因为她早等急了。寄信呗，怎么还寄了个纸卷儿？噢，或许是山水风景画吧，这些都是她所喜欢的。他啥时候到啊？信中肯定会告知的。高岩这样揣测着。当高岩再次看看房门确实关好之后，便急不可耐地取出邮卷，在靠近落地台灯的沙发一头坐下来，先欣赏起杨明华的字来。上下款是隽秀的魏碑体，"高岩亲展"四个字是挥洒自如的草书。是啊，单凭这手好字曾经博得同事们多少回赞誉呀！还有他那人品、地位、相貌等等，这一切都令她如意顺心。还想什么呢？快看看他的归期吧，到时也好到车站接他呀！她小心翼翼地撕开邮卷，里面不是山水画片，也非医学书刊，竟是一本文学杂志。她无心欣赏文学作品，何况她也无此爱好。她认为小说之类纯属骗人的胡编乱造。她拿着文学杂志一抖搂，便从中间掉下一封信来——

亲爱的：

　　我知道你等急了，等待着我告诉你我的归期。是啊，眼看着国庆节就要到了，原谅我给你写信晚了点儿。你现在在做什么？在想我吗？一切都准备好了吗？你此时此刻的心情我是理解的。你可知道，我何尝不在苦苦地思念着你？巴望能一步跨到你的身边，同时也幻想你能突然出现在我的面前，嗅到你那诱人的发香。虽未相见心已到，鸿雁传书慰寂寥，你说对吗？我相信，当你看到这封信的时候，空虚、寂寞之感一定会得到少许的宽慰。假如现在你会心地笑了，那样我就得到了情感的慰藉。我感到我们的心此时似乎又紧紧地贴在了一起，又听到了你的心跳，感觉到了你的呼吸，你笑了吗？……

　　看到这里，高岩果真笑了，"真是个书呆子，发神经"，书信等于现实吗？她心里这样嗔怪着，重新将目光移向信纸——

　　按计划，9月26日就可以和你见面了，也好帮你张罗张罗。可是，由于有紧急任务，又走不成了……

　　"咋的了？"看到这里，高岩心里不禁咯噔一下。

6

亲爱的，本来一切都准备好了，还给你买了两套你喜欢的套裙。可就在昨天，部里的秦主任把我叫到办公室，他说："明华同志，我知道部领导已批准你回去完婚。可是，现在又有新的任务，而且这任务指定必须由你来完成。再推迟一下婚期吧，完成任务之后什么时候走随你便……"就这样，我接受了。我想，你一定会很生气，说我不严肃。你知道一个共产党员、一名军人的责任和义务吗？那就是服从。

亲爱的，爱情本身是严肃、圣洁的。然而，在现实生活中却有不少年轻人对崇高、神圣的婚姻加以践踏，导演出一出出啼笑皆非、有失伦理道德或令人不齿的悲剧。例如，某基层部队一雷达技师的恋人因嫌其提干太迟、没前途，便以进修的名义跨出国门嫁了老外。该技师承受不了这突然失恋的痛苦打击，以致精神抑郁、分裂，竟致走向触电自尽的道路。也许你并不了解部分姑娘和现代军人恋爱的价值取向。"领章一带，相亲相爱；退伍还乡，婚姻泡汤。"类似这样的悲剧已屡见不鲜。

为了维护婚姻、爱情的纯洁与尊严，部领导让我把一部名为《爱情的颤音》的中篇小说改编成话剧，在元旦前上演。这部中篇小说就刊登在我给你寄去的文学杂志上，望闲暇时浏览浏览，品味一下。这部小说一面世就在部队上下引起强烈的反响。说真的，我一接触到它，就被小说中的情节深深打动了。同情、惋惜、气愤，多种复杂的情感交织在一起，令我难以释怀。搞文艺创作是要进入角色的，不然怎能写出荡气回肠的好作品呢？看小说是一种艺术享受，搞创作更是一次心灵的洗礼。

高岩君，为了这严肃的工作，不，也为了我们的爱情，请再原谅我这最后一次吧。未来的老婆，说句掏心窝的话，你一切都好，

7

活泼、开朗、爱美、爱音乐、上进心强，只不过有一点儿，我们情趣爱好有些不同，你不太喜欢文学。你知道闻一多先生是如何看待文艺的吗？他说：文艺是身体或心理受到创伤后产生的花朵，是用血和泪来培养的。因此小说并不是如你所说的纯属骗人的编造。文学与艺术是在原有社会生活基础上，对要表达的内容经过整理、加工、提炼、升华后的精神食粮。我希望你能多一种爱好，喜欢上文学（对你来说当然是业余的），这样，在我们以后的生活中必将增添新的乐趣。欣赏文学作品能净化心灵，培养一个人的道德情操。看看吧，《初恋的颤音》里有真、善、美与假、丑、恶的较量，而且你也会为男主人公的遭遇潸然泪下，更会为女主角心灵的丑陋义愤填膺。我敢说，如果我碰到那样一位薄情寡义、利欲熏心的女人，我宁可当和尚。相信你看过小说后会对女主人公龌龊的灵魂不齿。你乐意和这样的女人为伍吗？绝对不会的。

　　原谅我扯远了，我不是在开导你。我相信，你不会因我们婚期推迟而怨恨我吧。我们的爱情之果已濒临成熟，两情若是长久时，又岂在朝朝暮暮？元旦怎样？请回信交换意见。到时候最好你能来京，好一同欣赏我亲自改编的话剧。

　　亲爱的，我们谈恋爱都比较晚。你曾对我说是为了事业，我又何尝不是？还记得一年前我们在颐和园知春亭的畅谈吗？你我不是都愿做一束迟开的桂花吗？快了，请再耐心等待一下，珍惜爱情中这一段美好的时光。爱，历久而弥香，再培育一下这爱情的花蕾吧。亲爱的，我们的爱情之花就要开了！愿我们都做迟桂花！并愿你我都做一个甜甜的梦！

　　吻你！

你的明华

9 月 21 日于北京

三

杨明华的信是甜蜜的，高岩的心更甜。抬腕看表，时针刚好指向 22 点，还早呢，晚了怎么能马上睡着呢？她心潮难抑。既然心上人推荐了那么一部小说，而且要由他改编成话剧，或许真有它的艺术价值和教育意义呢。不管怎样，还是浏览一下，也好排遣这难熬的漫漫长夜。

高岩用纤巧细嫩的手指翻开装帧素雅的文学杂志，第一篇就是《初恋的颤音》——

引子

男女之间的初恋是异性心灵之间的第一次碰撞，无论成功与否都是刻骨铭心的，其深深的烙印也许会伴你终生。

初恋虽并不都是一见钟情、一帆风顺，这之间可能会有徘徊、猜忌、斗争、僵持，甚至于疾风骤雨。但这挫折、风波过后，往往便是雨过天晴，收获了爱的阳光与无限的幸福。真正的爱情应是如此美好！然而，遗憾的是，我的初恋竟给我带来了无穷无尽的苦痛和终生永难愈合的心灵创伤。

你说怪不怪，发生在我和我的初恋情人——S 省中医院副主任医师高盼君之间的爱情闹剧已经过去五年多了。过去的事情就让它过去吧，还提它干什么？嘴是这么说，可实际上难哪！越是想忘掉她，越是忘不掉。高盼君的影子总是幽灵般时不时地在我记忆的屏幕上出现，初恋的颤音仍在撞击着我这颗受伤的心。

几年过去了，我已有了爱人，并且有了活泼可爱的孩子。是啊，这笔初恋的孽账应该了结了。写出来吧，献给亲爱的读者，献给正处在热恋中的青年朋友。也许他们能从中受到教益与启迪，即便只是一点点儿。为了她，为了我，也为朋友们，我是准备忘掉她了。只有这样，我长时间受伤的心才会得到些许欣慰与平复。

……

语言是表达内心情感的符号，一个人写出来的东西往往带有这个人的个性和影子。

读到这儿，高岩再也读不下去了。白皙的脸上倏地掠过一层阴云。此时，她仿佛感到有一个无形的怪物在向她窥探。恍惚间，好像有一个熟悉但扭曲的面孔，正怒目圆睁地冲着她大声斥责："哈哈！高逢君，你这个爱情骗子、伪君子，你知道什么叫爱情吗？爱情的价值是什么？你的良知哪去了？……"

她感到一阵眩晕。

"省中医院高盼君……五年前……高岩与高盼君有必然联系吗？她上医大之前不是叫高逢君吗？逢君，逢君，她嫌逢君的名字太庸俗，于是就在医大毕业之前费了许多周折才改为现在的高岩。高逢君，高盼君……同姓同君，名有别……唉，不是神经过敏吧？莫非天下果真有这样的巧事？……"她心里乱麻一团，头脑有点涨痛。于是，她本能地闭上双眼，靠在沙发上，想整理一下思路……

苦苦思索良久之后，为印证自己的疑虑，她不得不把目光移向作者的署名：黄锶。黄锶，黄锶，他不是叫王锶吗？……啊，是他。林立果能搞出个"571 工程"，难道他就不会搞出个黄锶来？如果真的是他……想到这儿，她不禁浑身一阵哆嗦，头脑"轰"地一下，似乎全部热血都涌到了脑门。

"明华在信上不是说由他改编话剧吗，如果原作者真的是王锶……而明华若知道原作者是以自己与她高岩为原型而写这篇小说的话，那后果将是怎样？……"此时此刻，高岩心里乱极了，用十五只吊桶打水——七上八下来形容一点儿也不为过。她感到脉搏在加快，血压在上升。

　　她何以如此过敏，是在故意折磨自己吗？不！局外人很难理解她此时的心情，唯有她自己知道，何况在我们的国度里，总有那么多人有将文艺作品中的人物对号入座的嗜好呢。前段时间，蒋子龙的《开拓者》发表后，不是有人试图和他打官司以正视听吗？

　　屠戮无辜的刽子手杀人不眨眼，那是兽性。一个人做了亏心事非但没有半点忏悔之意，反而心安理得的话，那他就丧失了人本身固有的良知。高岩既不属于后者，也不属于前者。那么，她属于哪类人呢？……此时，她躺在床上头枕反剪的双手，望着天花板出神。唉……她闭上双眼，心里乱极了，她确有一段和王锲长达近五年的恋爱闹剧。良知告诉她，那是很不光彩的经历。但愿这秘密杨明华永远不得而知，不知道她是所谓《初恋的颤音》的女主角的原型。她越是怕回忆那不堪回首的一幕，思绪越故意和她作对，犹如磁铁的两极指南定北，任你怎么摇转它最终仍回复到本来的位置一样，总要与和王锲初恋的往事扯在一起，拉也拉不回来。于是，记忆的潮水便打着漩儿向她汩汩涌来——

　　高岩和王锲到底从什么时候产生了恋情，她记不清了。是恋情？是爱情？还是爱情的前奏？那年代，社会舆论是忌讳这种字眼的。"爱情"二字在不少青年的心目中只不过是一种抽象的概念而已。《红楼梦》之类的言情小说绝大多数青年人是很难看到的。从小学到中学接触到的一概为"好好学习，天天向上"、"做无产阶级革命事业接班人"，以至后来的"斗私批修，灵魂深处闹革命"、"宁做无产阶级的草，不做修正主义的苗"等教育。那时，对于情窦初开的青年学生而言，爱情是模糊的，爱情和婚姻之间似乎并没有什么必然的关联。不管怎么说，大概是1972年秋，她与他就有了那么一点儿微妙关系了，尽管是一种模模糊糊的关系。

　　在那狠批"学而优则仕"、"万般皆下品，唯有读书高"的年月，学生刻苦读书好像成了一种过错。那时，县、社（人民公社）两级办的学校里，大都存在着这样一种倾向：娘老子是国家干部、职工的学生，学习成绩一般不及吃农村粮的"土包子"。是啊，学习成绩好顶屁用?! 大学关停那几年，确实是"学习成绩顶呱呱，不如有个好爹妈"。这也难怪农村出身的同学陈喜调侃城镇户口的同学为高干子弟呢。甚至有些势利的老师对那些吃"皇粮"的学生也是另眼相看。父母在粮管部门工作的能买到奇缺的粮油；在卫生部门工作的可以买到药品，头疼发烧还可以免费或半价治疗；有在县、社机关工作的可批点儿救济款、买点儿奇缺商品或通过关系求得升迁；是军属的还可让其邮寄一两套有钱买不到的草绿军装等等。是啊，在那全国经济几乎陷入崩溃的年代，各种商品极度匮乏，即使买一斤红糖，扯一块布都是凭票供应。没有门路的普通百姓想买斤食用油、割斤肉都是妄想。在王锶的记忆里，直到高中毕业，香蕉、苹果、柑橘等只是抽象的概念，从来没见过长什么样。土生土长的梨子、桃子、石榴、红杏是有的，只是到端午、中秋节时方可品味一番。

　　王锶这个爹娘"把三垄"的土包子，小学六年级就被公社文教助理点名当"小宝塔"重点培养，14 岁入团。1966 年 7 月眼看要考初中了，全年级同学个个像整装待发的战士一样摩拳擦掌，夜以继日地复习功课，班主任还拟了各科的重点应试题。记得作文题目是《写给何伟伯伯的一封信》（注：何伟时任教育部长，"文革"初期被摧残自尽）。为了能考个好成绩，顺利考上县重点中学，不少同学废寝忘食，真是熬红了双眼。然而可咒的是，从姚文元和"三家村黑店"的老板吴晗、邓拓、廖沫沙在《人民日报》上商榷、辩论的逐步升级，十年动荡的浩劫便在广袤的中华大地上上演了。

按照上级停课闹革命的通知，全国中学停办，大学关门，小学六年级升初中的希望也随之破灭了。不过庆幸的是，小学校可照常上课，学生可照常升级。然而，王锲他们却整整上了三年六年级。这样，原比他们低两届的学生便成了同级的同学。恐怕这在中国乃至世界历史上也是空前绝后的"奇迹"！

老三届六年级升学无望，不少学生加入了全国大串联、串而闹、闹而砸的队伍，但安分的同学又感"烫剩饭"乏味，就干脆看起闲书来。王锲曾有一位叫齐铭的同学，因看《封神演义》着了迷，课间休息时竟将此大部头课外书籍从课桌抽屉里拿出来，摊开在桌面上，桌子缝儿里插上柏枝，面前白纸条上写上XXX之神位，然后双手合十，闭目凝神，嘴里念着咒语，引来全班同学哄堂大笑。不知是出于逗乐打趣，还是别的什么原因，王锲竟也鬼使神差似的学着齐铭从抽屉里取出一张纸摊在课桌上，写下如此对联："吾兮读书八年整，何时毕业鬼难知"，横批是"悲观失望"。结果遭某同学告密，他这个当班长的便受到校方和班主任的严厉训斥，并交了书面检查才算过关。用王锲自己的话说，这是他12年求学生涯中受到的唯一"奇耻大辱"……

1971年初，王锲初中毕业，以优异的成绩考入县里最好的第一高中。这时正是号召学生走与工农相结合、接受贫下中农再教育，大批"红专道路、学习至上、知识万能"、"铲除资产阶级、修正主义的苗苗"的非常时期，然而，王锲对此却有明显的抵触情绪。他坚信知识能改变一切，知识能改变人的命运。"天生我材必有用"的理念已在他心底牢牢扎根，因此激励他苦读求知的欲望有增无减。当然，学校师生对他嗤之以鼻的有之，但投以敬佩目光的也不在少数。因为，人们的心灵深处毕竟还没有完全丧失对知识的追寻。他天生勤奋好学，对人和蔼、真诚；同时，他还有一张清秀、文雅、时常带着微笑的英俊面孔；他一米七八的个子，总爱穿一身洗得发白的蓝制服和一双同样洗得有些发白的解放鞋，显得朴素、大方、整洁。这一切没有装饰，没有做作，体现了他心灵纯朴之美。因而，赢来不少女同学爱慕的眼神，就连全校师生公认的校花，身为县革委会主任之女的高逢君也不例外。她天生爱美，穿着与众不同，春、夏、秋、冬的装扮被全班女生追随、效仿，女生们以她的穿戴打扮作为时髦的标准。而且，当别人和她的穿戴一样或接近时，她就花样翻新，引领另一个新潮头。难怪有同学戏称她为"独放的鲜花"、"晴空里的一只天鹅"。可不是，在同学当中能有位干部子女，在当时偏僻、贫穷、落后的小县城确实已是凤毛麟角。更何况她高逢君还具有亭亭玉立的身段，以及多情而美丽的脸蛋呢。但，不管她有没有清高自负的感觉，反正不少同学都认为她孤傲自尊，不好接近。由于受几千年封建意识的影响，特别是到了中学时期，学生上课时男女总是分前后排坐着。不管老师排座时怎样讲道理，将男女生硬混排在一起，但往往憋不了三天，就依然如故——女前排男后排地坐开。因此男女同学之间除班干部外，大部分都是同学几年都难得说上一句话。至于毕业之后怎样那就是另外一回事了。所以，尽管王锁身为班长，也很少有和高逢君接触、说话的机会。或许，他根本不想也不愿有这机会。

因此，她与他爱慕关系的产生，并非两小无猜、青梅竹马式的，而是一次偶然的机遇。

那是一个月高风清的周末的晚上，同学们大都去影院看电影《红色娘子军》了。高逢君手里拿着一本书一边上下翻着，一边哼着"天上布满星，月牙亮晶晶，生产队里开大会，诉苦把冤审……"这首流行歌曲，一步三跳地进了教室。

"嗯?"刚跨进门口,她发现教室里王锲独自一人正埋头看书。于是,她的歌声戛然而止。

"王锲,你咋不去看电影啊?"

"以前看过了。"王锲冷不丁地回了一句,头也没抬。不过,他似乎马上意识到这样回答人家不近人情。出于礼貌,他反问道:"你咋没去呀?"

"还不是和你王班长看齐,看点儿书,武装武装。"此时,她的心情放松了许多。

"哎,看的啥书?"

"《钢铁是怎样炼成的》,你拿的啥书?"

高逢君将书贴到胸前,封面对着王锲。

"噢,《马克思的青年时代》,哪来的?"他对此书产生了浓厚的兴趣。

"爸爸托人在北京买的,"她回答说。"真佩服你的苦读精神。"

"很荣幸得到你的夸奖。"王锲说着淡然一笑。

"你这人说话真怪,和你的名字一样。"

"怪啥?"王锲将书合上。

"听起来别扭死了。"她咯咯笑起来,笑得王锲有点不好意思。"名字嘛,本来怎么起都行,不过是个代号罢了。诚然,人们起名字总是爱起得美一点儿,吉祥点儿,寓意深刻些嘛。历史上不是曾有许多人以自己名字的寓意自勉自励吗?!"

"那就请你解释解释'锲'的含意吧。"她以一种近乎乞求的眼神望着他。

"好吧。'锲'就是锲而不舍的意思嘛,意思是说无论干什么事情都要有坚韧不拔、持之以恒的顽强意志,不可半途而废。我们读书同样也应具有锲而不舍的进取精神,我相信知识就是力量,只有掌握了全面的科学文化知识，我们才有可能在自己的理想航线上自由驰骋。"

　　说到这里他不好意思地笑了："随便扯的。我也是空怀壮志，不足为训。"

　　王锲浓眉下一双大眼睛闪着自信而又谦虚的光亮。

　　"说真的，要不是和你同学，我可能还不认识这个'锲'字呢。有意思，原来你也是以此自勉的呀。"

　　这时，她的眼神是真诚而又钦佩的。

　　"有来无往非礼也，请你也解释解释逢君的寓意吧?"

　　王锲一双明眸里跳动着挑逗的光芒。

　　"我?……"她稍迟疑了一下，"我的名字没啥意思。"

　　她真不知道该如何回答。

　　她知道爸妈给她起这个名字和王锲一样也有一番含意。不过，比起他的名字来，自己名字的含意庸俗透了。君，无非就是有地位的君子贵人呗。逢即碰上或遇上，一个姑娘逢君子还不是巴望将来遇到一个有地位的好夫君吗?唉，怎好解释哟?特别是在男同学面前。她这样想着，不禁脸上火烧火燎的，尴尬极了。

　　然而，有意思的是，王锲并没有让她下台阶："有啥不好意思的，逢君，逢君，还不是将来嫁一个有地位的夫君?!"

　　王锲一语道破天机，她一下窘得不行，脸上唰的飞起一层羞涩的红晕："你真是个老实坏。"

　　"对不起，嘿嘿……请原谅我用词不当。"

　　此时，王锲也感到自己说这番话确实有失礼貌，颇为刚才有失分寸的混账话而感到吃惊。他一阵脸红，重又埋头看起书来。

　　然而高逢君并没有责怪他的意思。"看得出你很喜爱文学?"她一边说着一边在靠近王锲的一个位子上坐了下来。她的这一举动使他很难为情，或者说有点儿心慌。要知道这是他平生第一次和一个女同学单独坐在一块儿，而且又是这样一位正值青春妙龄、美丽动人的姑娘。距离太近了，她一缕乌发碰触到他的耳朵，散发出一种特有的清幽香气。哦，难道这就是女性的特质？有生以来他可是头一次闻到。顷刻间，他的脸唰一下红了，红到了脖颈，面颊有些痉挛，而且感到浑身上下不自在。他想脱身逃跑，但他没有跑，他感到她那清幽的香气有一种诱人的魅力。此时，他发现高逢君那双清澈明亮、会说话的眼睛正深情地注视着他。他们炽热的目光相遇了，紧紧地交织在一起。

她与他这样对视了几秒钟后，都不好意思地笑了，脸都红了，红得像两朵盛开的玫瑰，灿烂而含羞。

接着便是一阵沉默……

"哎？你很喜欢文学吗？"高逢君旧话重提，打破了这沉闷的气氛。

"是。你也爱看小说？"

"对，消闲解闷而已。"

"是。不少人总爱借看小说消闲解闷，还有些人把多看几本小说用作将来炫耀自己学识广博、哗众取宠的资本。可是，你知道吗，这样就失去了读小说的意义。看小说可以培养自己的情操，从中吸取有益的精神食粮，作为自己进取的动力。你知道曹靖华翻译的《毁灭》、鲁迅写的小说和杂文、聂耳创作的《黄河大合唱》等文艺作品，在当时的中国革命和战争中产生了多大的影响和促进作用吗？高尔基的《海燕》对当时的俄国革命起到了多么巨大的号召力吗？"

这一切高逢君以前是未曾想过的。此时，她只有默默点头。

"王锶，现在你学习这么用功，将来能有啥用？我堂姐上了两年大学不毕业就回家了，成绩再好也不让考学。说心里话，对你我真有点儿惋惜。不瞒你说，要不是为了混一张毕业证，这学我一天也不想上。其实，即便拿个毕业证有啥用呢？高中毕业还不是回家的回家，下乡的下乡。唉，前途渺茫啊。"她不无凄然、哀伤地说道。

是啊，高考是没指望了。这一点儿他早已清楚。

"看来，我们这些人考大学是没门了。可是，我却不信读书无用，不信国家不需要文化知识。哪一个科学技术高度发达的国家其文化科学不也是高度发达的呢？文化科学落后，国家就落后，就会受人欺辱。

"美国人说'时间就是金子'，鲁迅先生说'时间就是生命——那嘀嗒嘀嗒的时间流逝声就是人们生命前进的脚步'。不错，我们这一代人的前途是渺茫，可是我也常想，我们决不可因此而虚度年华呀！敬爱的董老曾勉励我们：'逆水行舟用力撑，一篙松劲退千寻。'古人云：'此日足可惜。'吾辈更应惜秒阴。学有所得总是好的。坚信科学文化知识只能成为我们将来服务社会的资本，绝不会成为一种负担。祖国需要它，民族需要它。"

"那么，我们这一代人的前途在哪里呢？"她满怀疑惑地问道。

"历史是公正的。相信国家，相信自己。鲁迅先生说……"

"你总是鲁迅鲁迅的。"

"可不是嘛，看他的书多了，对他我是崇拜得五体投地呢。他说得对：'生命的路是进步的，总是沿着无限的精神三角形的斜面向上走，什么都阻止它不得。'人的生命是这样，社会岂不是如此？人是组成社会的主体，相信社会终究是要进步的。只要我们不懈地进取，生命之舟终会驶向理想的彼岸。相信我们是光荣的胜利者，而不是悲惨的失败者。纵或是后者，我们也不可苟且偷生啊！决不能像孩童那样，怕尿床就不敢睡觉。人们不是常说'好处着眼，坏处着想'吗？所以，我们还是要从好处立足。一个人如果没有理想，对前途失去坚定的信念，那他就失去了生存的精神支柱。鲁迅先生说'美好的理想在前头，不抬起头向前看，便永远只能看见物质的闪光'。"

说到这里，王锲停了下来，英俊的面庞显得格外严肃。他心底里在翻滚着感情的波涛。

"唉！也许我这是像阿Q那样自我安慰。人总说牧师对羔羊是残酷暴虐的，但羔羊总是唯命是从，毫不觉悟。可我们不是任人摆布的羔羊，有自己的理想、信仰和追求。虽然难处世外，免不了受到时代巨浪的冲击，不过也要与命运奋力抗争，求得人生价值的实现！"

高逢君被深深地打动了。她再次以深沉凝重的目光审视着他。这是叹服、同情与爱怜的目光。是啊，这些寓意深刻的道理她过去是从未考虑过的，甚至根本就不知道。她被折服了，激动了。于是，忘情地将那纤巧、柔润的右手缓缓地攥住了王锲的左手。他顿感心头一阵难以名状的颤栗。

良久的激动而又难堪的沉默……异性的体温在传递……

繁星璀璨，深邃天穹中的银河宛若一条白色的绸带。大地温馨，夜虫啾唱，中秋之夜是静谧柔和的。

他们俩推心置腹地谈啊谈啊，到什么时候了？他们心有灵犀似的同时将目光投向窗外，宿舍里已看不到一丝亮光，听不到一点儿声响。啊，怎么鸡都叫了？鸡叫头遍定三更，夜已经很深了。他与她傻傻地对望了一眼，心有灵犀地笑了笑，似乎都没有倦意。是情投意合还是心脉共振？他们都不知如何回答，有的只是兴奋。彼此的脸又红了起来，他们会心地笑了。

临走出教室，在两人对视的一瞬间，似乎各自向对方行了个注目礼：祝你晚安！

四

熟人，朋友，恋人，你们是从什么时候开始认识并成为熟人、朋友、恋人的呢？这大概都有个过程，并非都是一见如故。

毋庸讳言的是，有好多人在和他的朋友成为朋友之前，或根本不认识，或虽然认识而且又整天工作、学习、生活在一起，各自却特立独行，陌如路人。于是，对于后来成为朋友的他的一切似乎都不大问津，可谓"鸡犬之声相闻，老死不相往来"。可是，一旦经过交往产生了深厚的感情，那么他就在你头脑中占据了一席之地。这样，对方的一切好像都有一条灵敏的神经紧系着自己的大脑神经。高逢君和王锲之间就经历了这种过程。他们的友情或许恋情是谈出来的。也就是从那天晚上的畅谈，她对他产生了兴趣，感情之水由清淡变为浓厚。她发现王锲是众同学中唯一值得她敬重、爱慕的人——品学兼优，敢于幻想，对理想、前途具有坚定的信念和执着的追求。

感情的火花在迸溅，友谊的清泉在交流。从此，她与他愈加接近。

每当她走进教室，总希望第一个看到的是王锲；每逢考试，她总希望他科科夺魁；每当他参加球赛，她总要忘情地为他鼓掌加油……

再有两个多月就要高中毕业考试了。深夜苦读的王锲身旁总伴有她的倩影。天长日久，自然引起不少师生的侧目和猜疑——"他俩亲热得似一对鸳鸯，莫非是在谈恋爱？……"

他们俩也本能地感觉到了，有些人正以嫉妒、嘲讽、冷峻的眼神窥视着他们。

高逢君受不了了。她认为这是对她的侮辱。然而，王锲却不以为然，仍是坦然处之。不过，有段时间她曾经一连几天不再和王锲接近，好像有意躲着他，漂亮的瓜子脸也罩上了一层淡淡的阴云……

晚自习前一个人到外边走走，活动活动筋骨，调节调节精神，已是王锲一直保持的习惯。这天晚饭后，他在寝室挂上大搪瓷饭碗，就攀上学校后头一段古城墙，冲拳、伸展、跳跃、踢腿，五花八门地练起身来。

"王锲。"

听到下面有人喊，他收住脚步往下看："哦，你呀，有事吗逢君？"

说着，王锲伸给她一只右手，将她从下面拽了上来。

"咱俩谈谈好吗？"

"在这儿？"王锲问道。

高逢君指指城墙外烈士墓地边上的小松林。

他们一左一右在前几年被红卫兵推倒的一节墓碑上坐了下来。日头渐落，遥远的西方天际，橘红色的晚霞透过松树枝丫的缝隙射向大地，在他们身上投下明暗斑驳的影子。此时，高逢君觉得脸上火辣辣的。是啊，内在的原因与外在的光照，她的脸好似涂上了一层粉红色的油彩，更显得美丽动人。殊不知，这正是青春少女们特有的最可贵的属性。此时，她正紧绷嘴唇，双眉紧锁，失神而烦躁地望着这渐渐隐去的晚霞。呆呆的，一言不发。

"你好像有什么心事？还是身体哪不舒服？"

"哦。"她猛地转过脸，想从烦乱的思绪中挣脱出来。

她定了定神，埋下头，用手指搓着墨绿色秋装下摆，喃喃地说道："王锲，你知道最近别人在说我们什么吗？"

"什么呀？"

"难道你真的一点儿也觉察不到？"

"什么呀？我真的不知道。"王锲明知故问。

"哎……你也真是的……"

"有啥直说嘛。"

"他们说……说……说，说我们俩……"

"怎么了？"

"说我们总在一起，在……在谈……"

"噢，原来如此。那怕什么？我早知道了。"

"不，那是侮辱。真卑鄙。"

"哎，有议论啥奇怪的，全当耳旁风。只要我们的心是纯洁的，一切议论由它去。"

"说得轻巧，谁的脸不是肉长的？"高逢君生气地说道。

"是啊，作为一个精神正常的人，没有一个没有自尊心的。遗憾的是，是非颠倒了，人类文明遭到了亵渎。令人费解的是，现在到处批人性论，批什么博爱。共产党是最讲阶级感情、阶级友爱的。阶级感情、阶级友爱还不是人与人之间的感情和友情吗？可惜，现实生活中许多人连这一点儿都不懂。什么爱憎分明，只知道恨敌人，却忽视了无产阶级的的博爱。过去，在我们革命队伍内部不是曾有不少异性朋友被树为楷模吗？当年，周文雍和陈铁军为便于党的地下工作，虽生活在一起，但两人之间却仍为纯洁的同志关系。直到他们被押赴刑场，国民党罪恶的子弹射向他们胸膛的前几分钟，他们才大声宣布结婚。……难道毛主席、周总理就没有异性朋友？陈毅元帅逝世时，不是有很多女前辈送花圈吗！可悲呀，现在异性间如果不存在亲眷关系，就不能有热情、友情。那么，阶级感情又该作何解释呢？只有在路口拦惊马，救落水儿童，给军烈属担水、扫地……咳，谁能说得清楚？讽刺怪话任其说，是真是假事实看吧。"

说到这，王锲风趣地笑了，也笑掉了高逢君满面的阴云："自我安慰。"

"难道你也不相信这是对的？"王锲睫毛一闪一闪地问道。

"对呀，难道我们俩不是纯洁的同学关系吗？"她这样想着，点点头，默认了。

五

在爱的前奏阶段，回避就意味着追求。

那年秋末的一个周日，王锲因回家帮父母干农活后洗凉水澡患了重感冒，虽打针、吃药了高烧仍然不退，一连两个星期都没有到校上课。班主任张老师两天前已经带领班委会的几位同学探望过了。和王锲要好的几个男生也带着水果罐头看过了。高逢君想去却又不敢去。传统观念与自尊仍在羁绊着她。她想："如果和他是亲戚或同一个村子，我至少也去两趟了。"对他，她深感内疚。于是，上课、休息都愣神。

周末，大部分同学都回家了。晚饭后，高逢君独自来到教室继续看她的《马克思的青年时代》。可她都看了些什么呢，记忆的线条是模糊的。再往下看，满页的字迹也开始模糊起来。心早已飞了，飞到了王锲的身旁。

"为什么老想他呢？"她自我嘲讽着，但又情不自禁。

正当她埋着头胡思乱想的时候，爱找别人寻开心、绰号歪嘴骡子的男生陈喜和张景茂、刘胜利、杨玉玺嘻嘻哈哈闹着，拿着扑克牌闯进了教室。

"嘿，尊敬的公主，想什么呢？不少同学都去看王锶了，咋没见你去呀？单独去过了？"

陈喜一张挑逗的鬼脸，眨巴着一双小而亮的黑豆眼睛观察着高逢君的反应。刘胜利、杨玉玺也跟着笑了起来。

"真是个不值钱的歪嘴货，去去去。"比陈喜大一岁、不爱玩笑的张景茂使劲推搡了一下陈喜。

一时间，高逢君脑袋"嗡"地一下，思想转不过弯来，竟想不起一句恰当的言辞回敬他。尴尬极了，她气得满面绯红。

书是横竖看不下去了。再说和陈喜有什么争吵的呢，她真想臭骂他一顿，骂他个狗血喷头，解解恨。但又一想，算了，"好鞋不踏臭屎"，她忍了。

"讨厌，阎王爷咋给你一张人皮！"她狠狠地剜了陈喜一眼，合上书本，悻悻地离开了教室。

回到寝室，她翻来覆去睡不着。不单单是因为刚和陈喜遭遇的恶气未消，思虑更多的仍然是王锶：他的为人，他的相貌，他的上进心，他的病，他现在怎样了？等等。到底看不看他？"我为什么要这样自己折磨自己呢？反正去与不去，多心人都会议论。"她想起了王锶"是真是假事实看"的话。

是啊，在他们之间是否真的存在着人们议论的那种微妙关系呢？此时，高逢君自己心里也理不清，道不明。不过，有一点是肯定的：她与他任何一方都不曾向对方释放过"爱情"的探索信号。

"这样的人难道不值得爱吗？即使爱又怎么样？"想到这儿，她有点儿吃惊，"作为同学关系也该去看看他呀？何况……"

于是，她决定了，去，明天就去看望他。

六

王锲的家位于县城东北五公里紧挨公路的王寨村。家里除王锲这辈人有上学的福气外，老辈人统统是老实巴交的庄稼人。王锲姊妹三个，他是长子，弟弟、妹妹分别在上初中和小学。爹娘勤劳、朴实，家里地里（刚分到一亩半小片荒地）料理得井井有条。他们家里还养了一头老母猪和几只绵羊，一年下来，靠卖猪仔、剪羊毛也能挣个两三百元钱。这在当时已经是一笔不少的收入，除了供三个孩子上学的费用外，还略有剩余。所以，除了村里少数在外当干部、当工人的一头沉人家外，他们一家五口日子过得还算安逸。

于是，兴致来时，王锲爸妈还时不时哼唱几句豫剧《朝阳沟》中"翻过了一座山，走过了一道洼……这块地里是玉米，那块地里是倭瓜"的唱段，以释放辛勤劳作的疲惫和对一家美好未来的无限憧憬。

特别是当王锲同村女同学张蓝馨告诉老两口，高逢君今天要来看望生病在家的王锲时，他们的高兴与激动早已溢于眉梢。但，高兴喜悦之余，也难免有些忐忑不安：我们家这个土笼子能装下这只金凤凰吗，这可是县太爷的千金哪?! 不过，既然来咱家，说明人家瞧得起儿子，就不能慢待，成与不成看缘分吧。于是，把整个屋里、院里、院外收拾得干干净净，井然有序。

9 点 10 分，高逢君在村口下了公共汽车，在路边稍事停留，徘徊了一会儿，便按张蓝馨预先给她描述的王锲家的方位走去——进胡同直走，看见门口有棵歪脖子大榆树就是王锲的家。她原想邀张蓝馨陪她一起来的，但她没有这样做，总感不如自个来方便。何况，还知不知道人家乐不乐意当电灯泡儿呢。

她径直走进王锲的家门，院内静悄悄的。每迈一步心里就产生一种舒适、清新、怡人的快感。她没喊叫，稍迟疑了一下，便穿过

25

中庭，朝右手敞着门的套间走去，脚步轻轻地。

"王锲。"她发现王锲正靠着叠起的被子聚精会神地看书。

"咦，逢君，你咋来了？"王锲急忙扔下书下了床。

"怎么，不欢迎？"

"看你说哪去了，我是说你怎么一个人悄悄跑来了？"王锲赶忙补充说。

"我想一个人来不是更好吗？"她停了停接着说，"原谅我早没来看你。"

"哪里话，这个我理解。"王锲边说边忙着倒水，"坐，坐吧。"

"别忙乎，吃水果吧，我爸从省城带的。"高逢君从网袋中掏出两个大黄香蕉苹果放在床头桌子上，"伯父、伯母呢？"

"他们下地去了，一会儿就回来；弟弟妹妹打猪草去了，就剩我一个看家。"

"你的病好些了吗？我当时……"

"嗯，好多啦。"

"那你怎么不到校上课呀？"

"医生说好了也要在家多待两天，恢复一下，防止重感。我想一边休息，一边在家复习功课。说真的，现在上课有时还不如有选择地自学好。特别是近段的政治课，除了念报纸就是请贫协代表忆苦思甜，腻烦得很。"

"我看也是。现在有不少同学旷课，不知道都干什么去了。"

两个人说到这儿，好像正经话说完了，竟至沉默起来。

停了一会儿，高逢君看看王锲桌子上花盆里栽种的一簇青翠的文竹，又指指窗台下两盆盛开着的月季，柔声问道："看来你很爱花？"

"是啊，这也是一种美的享受，可以调节精神、陶冶情操。你不是也爱美吗？"他以探寻的目光注视着她。

"嗯……"她一时间想不起如何回答王锶的提问，眼帘不好意思地垂了下来，表情有点拘谨。她想到了自己今天的穿着：派司米咖啡色上装，水红色衬衫，银灰咔叽裤子，脚下是一双锃亮的半高跟棕色皮鞋。"为什么非要换一身新衣服呢？"想到这儿，她脸上有点儿红，有点儿燥热。

"人各有爱好，各有异趣，各有各的审美观念，爱美之心人皆有之。我想一个人最主要的是心灵美。但这并不排斥相貌美、穿着美。有条件穿得好一点儿有啥不好呢？如果一个人内在的美与外在的美统一起来，不是更完美吗？你说是不是？"

王锶的目光是诚挚的，丝毫没有讥讽挖苦的意思。

"我这个人就是这个毛病，爱讲究穿戴，不知道是好是坏？"

"当然是好啦！"

"王锶，既然我们都爱美，但实际上我们为什么有那么多不同？"

"爱美之心人皆有之，只不过审美观点、情趣有别罢了。"

"那你为啥总是穿这种洗得发白的单调衣服呢？好像每一件衣服都是旧的。我曾怀疑，新衣服到你手里会不会是故意洗褪了颜色再穿呢？"

"哈哈哈，我才不那么傻呢。我这身衣服已穿三四年了，还不破，洗得干净点儿，我感到很随身。"

"都发白了。"

"那有什么不好？我这人不太爱穿色调太浓、太亮的衣服，只要素雅、洁净、整齐就好。哎，我为啥没见你穿花里胡哨的衣服呢？你不是也有和别的女同学不同的审美观点吗？"

"你可真会说话。"高逢君笑了。

"好了好了，不谈这个，最近都看些什么书?"

"《马克思传》。"

"看完了吗?"

"没有，正在看呢。"

"有什么收获体会?"王锷问。

她轻轻摇了摇头："大的收获谈不上，不过，有一点体会倒是挺深刻的：马克思自幼勤奋、好动，心里有明确的理想和对事业执着的追求，其永不懈怠的进取精神是令人叹服的。还有他的爱人燕妮，真是一位伟大的女性。为了马克思事业上的成功牺牲了自己的一切，历尽了苦难。"

"对。马克思从小就是一位出色的人物。他把自己的全部身心献给了争取真理与正义的事业。他表现出了如饥似渴的求知欲和无穷无尽的精力。为了工作，废寝忘食是常事。他和燕妮的订婚，看起来似乎是学生时代的轻率举动，但实际上却是这位伟人所获得的第一个最辉煌的胜利。燕妮具有非凡的才智和品德，她比马克思大四岁，由于美貌出众、才华横溢而且又是一位身居高位的官宦之女，身边围绕着许多爱慕者。然而，她毅然牺牲了所谓高官厚禄的'前途'，没有拿马克思去换取任何一位爵爷，却为了如马克思的父亲所说的'艰险莫测的未来'牺牲了所有的一切，在最为艰苦坎坷的生活中矢忠于她选择的人。是啊，革命理想、奋斗目标的一致把他们紧紧地联系在了一起，成为真正志同道合、患难与共的伴侣和同志。所以说，马克思在事业上的成功是与燕妮分不开的。你知道马克思后来给他的孩子们怎么讲和他们的妈妈结合的诙谐故事吗?"

高逢君摇摇头。

"他的话是耐人寻味的。他对孩子们说：'古希腊有个传说，一个单独的人不算完整，他只是一个圆球的一半，也就是半个球。所有的成年人对此都是深有感触的：一个人干不了事，要想美满地度过一生，就只有两个人的结合，因为半个球无法滚动。所以每个成年人的重要任务就是要找到那个和自己相配的另一半……我成年后找到了你们的母亲，我发现自己真有福气，找到了合适的另一半。我们配合得很默契，滚得也很顺利……'"

说到这儿，王锶觉得扯远了，有些话讲得也太随便。青春年少的男女单独在一起怎好谈婚姻之类的话题呢？他有点不好意思。不过，当他看看高逢君，并未发现异样表情时，他稍作停顿："不管怎么说，我总认为他们是伟大的，爱情更是圣洁、崇高的。他们的爱情不仅在当时难能可贵，就是到了一百多年后的今天，在现实生活中也是旷世罕见的。你认为呢？"

高逢君默默地点点头："你的记性真好，像背书一样。"

"不。有些是听别人讲的，有的是从书上看的。以上我说的那些，《马克思传》和《马克思的青年时代》里都有，你回去以后可好好看看。"

"秀才，请问你准备怎样滚动？"还是她比他勇敢，少一点儿封建意识。

然而，王锶根本没料到她会突然问这个话题，竟一时呆住了，窘迫极了："嘿嘿……我嘛……没有考虑过，还是个未知数。咱草木之人怎好和旷世伟人相比呢？"

"但愿你也能找到适合自己的另一半，滚出一条闪光的路。"

"我也衷心祝愿你。"王锶说。

……

爸妈和弟弟、妹妹回来了，他们的话好像仍没有说完。高逢君不好意思地站起身，"我该走了，"边说边急切地跨出套间房门要走。

"傻闺女，往哪走啊？"王锲妈差点儿和高逢君撞了个满怀。

"哟，可不能走。跟到自己家一样，尝尝俺的家常饭。"王锲妈边说边拉着高逢君的手，把她轻轻摁在凉棚下小方桌旁的小木椅子上，"你们俩坐这儿慢慢聊，我做饭去了。"此时王锲已挨着高逢君坐了下来。妹妹小玲忙不迭地在小桌上放上炒熟的花生、石榴，还特意给他们冲了两碗白糖水，"君姐，你们先聊着，嘻嘻，"说完便知趣地像一阵风飘走了。

高逢君坐定后重新审视着这个院落的一切：四间新盖的红砖灰瓦堂屋宽敞而明亮，房前硕大的凉棚上挂满了丝瓜、葫芦；窗前石榴树上结满了拳头大小的石榴；院门口两侧的美人蕉盛开着红的、黄的花棒，引来无数忙碌的蜜蜂；用蓝砖铺就的院子，由于刚撒过水，给人一种清凉、舒心的感觉。

不用赶集采买，黄瓜、豆角、丝瓜、夏瓜、韭菜、菠菜等都是自家种的，还有鸡蛋和自制的粉皮、粉条；王锲爸早上还杀了一只大芦花公鸡正用文火炖着呢。怪不得高逢君一坐下就闻到一阵扑鼻的香味。

菜齐了，整整摆满了一桌。"真是热情好客的一家呀，"她有点受宠若惊，不好意思，"大娘、大伯您太客气了。"

"客气什么呀，一分钱没花。做的好孬是我们的心意，千万别客气，想吃啥就吃啥，啊？"王锲妈边说边用毛巾轻轻蘸着额头的汗水。

高逢君虽然吃得不多，但吃得很香很甜，比在家里妈妈做的好吃多了。

"闺女，多吃点儿，别客气呀！"王锲妈一次次给高逢君夹着菜，生怕她吃不好。

"咦，多俊的姑娘啊！可不能让人家饿着肚子走。"王锲妈暗自端详着高逢君，生怕招待不周。……

饭后王锲爸妈、弟弟妹妹下地干活去了。高逢君没有急着回去，又陪着王锲聊了一个下午。直到夕阳泛红，她才拎着王锲妈早已装好的一网袋黄瓜、豆角、茄子、石榴等，依依不舍地搭车返城。她头靠在汽车座椅上，深深地舒了一口气，微微地闭上眼睛，整个心里像溶进了糖块一样甜蜜。

七

友谊不等于爱情。

人们之间的友谊愈深，作为朋友的双方愈很少考虑过彼此间的家庭地位和经济条件等因素。这是纯洁的友谊。

有意思的是，当今不少青年男女间的婚姻、爱情除少数由"红娘"撮合外，一般都是从友谊发展而成。不可讳言的是，一旦触及爱情，麻烦就来了：权衡双方个人条件、家庭条件、经济地位等等；彼此间忽冷忽热，若即若离。最终，或结合，或告吹，于是乎便导演出一桩桩荡气回肠的悲喜剧来。

现在，高逢君正徘徊于这友谊与爱情的十字路口。她想："王锲本人各方面都是无可挑剔的。如果他爱我，自己会勇敢地迎上去，深深地爱上他吗？既便是自己能爱他，可是，父母会同意吗？虽说现在到处批旧的婚姻观念，不再是嫁鸡随鸡、嫁狗随狗的时代了，可是，两个人是要生活一辈子的，现在婚姻恋爱虽嘴上不说门当户对、攀龙附凤，但实际上仍然斤斤计较双方的家庭条件、经济地位。单就王锲本人来说，爹妈绝挑不出任何毛病来。可是，他的家庭呢？他的双亲固然勤劳、朴实、善良，但毕竟是农民。农民伟大，可在农村为什么又有那么多人挤扁脑袋往城里钻？为什么打倒的走资派偏偏都被送到乡下去改造？不是去享福。城乡差别，关键在苦。知识青年下乡是自愿的吗？和传统观念决裂弃城下乡，实心实意扎根农村，立志改造农村的人太少了。我真怀疑有些人的动机有问题。我如果爱上王锲，和他结合在一起，未来将是什么样子？也许是前程似锦，也很可能是艰辛莫测的未来。大学停办，他的出路在哪里？"她心中一片茫然。

高逢君看望王锲回来的当晚，躺在床上辗转反侧，怎么也睡不着，一直考虑着这些乱七八糟的问题，想得有些头疼。她不知道该如何处理。因为，她从心里喜欢王锲，她甚至埋怨造物主不公平，让他投错了胎。她爱他，但不甘愿同他一起做"缩小三大差别"的牺牲品，这是她深思熟虑后的初步结论。

"终身大事不可马虎，看命运如何安排吧。顺其自然，一定要做到心中有数。一旦某种愿望得到满足时，她将毫不犹豫地扑上去，抓住他，爱上他。目前，最稳妥的办法，莫过于继续保持朋友间的友情。"她想。

然而，对于王锲来说，他对高逢君却仍然保持着一种纯洁的友谊之情。因为，他有自知之明。

八

时光荏苒，转眼间到了1972年的初冬。这正是高中毕业考试紧张进行的时候。怎么突然间常有几个同学旷课？王锲偏偏也在其中。据消息灵通的同学说，他们是被穿着蓝裤子绿上衣的解放军领走的。大概过了六七天，这种说法便得到了证实。那天午饭刚过，王锲、张景茂、刘胜利、于世松竟像变戏法似的个个穿着崭新绿军装，英姿勃勃地出现在众人面前，后边还有歪戴着帽子的陈喜和田清良没精打采地跟着。

陈喜少气无力地咧着嘴说道："唉，有逮着鲤鱼的，有浑水的，咱弟兄，"他拍拍田清良的肩膀，"咱算哪一号，跟在人家的屁股后面白白折腾了那么久，丢人现眼不算，还耽误了复习考试。到如今，落了个'屎壳郎攥屁——一场空'。哎，瞧人家王班长多威风。"说着，陈喜扮出一幅鬼脸，便学着京剧《红灯记》中鸠山的腔调，阴阳怪气地唱了起来。

"海阔凭鱼跃，天高任鸟飞。只要你肯为我卖力气，飞黄腾达有时机。"他顿了顿，"可是有一条，到时可别忘了咱这帮穷兄弟！"

陈喜的表演顿时在师生中间引起哄然大笑。大伙都不约而同地将艳羡的目光移到王锲的身上。接着就是问这问那，好像在举行一场加冕典礼。

"哎，小心点儿，可别把眼睛看酸了。"又是陈喜在多嘴。

高逢君听得出，陈喜的话是冲她来的，顿时感觉脸颊有点儿发烫。尴尬之余，她狠狠地剜了他一眼，拉着她的好友田娟便走。一边走着，田娟还抱答不平地说，"怪不得你当不上兵，嘴歪、心术不正。"

"嘻嘻，狗拿耗子。"陈喜没辙了，只有吐吐舌头而已。

……

对于王锲的应征入伍，高逢君曾经纠结的心里像开了一扇天窗，顿感格外清新、透亮、舒坦。于是，对未来美好的憧憬在心底滋生蔓延开来，倏忽间爱的嫩芽亦开始强壮起来，呈现出它本身固有的特性：热烈、芬芳、如醉如痴；像喝了香醇的美酒，绵柔而舒心。她有点迫不及待，是啊，是该向他表明心迹的时候了。

1972 年 11 月 15 日，她平生第一次庄重而又义无反顾地向异性释放出第一个爱的信息。

……

初冬的阳光柔和而灿烂。温暖的阳光将昨日普降的瑞雪消融殆尽，湛蓝的天空中无一丝云彩，给人一种天高地阔、神清气爽的感觉。

早饭刚过，王锲家干净宽敞的庭院里已门庭若市，热闹非凡。明天，他就要告别故乡、亲人应征入伍了。一时间，远亲近邻、同学朋友纷至沓来，和王锲作最后的话别。王锲妈忙得鼻子尖上直冒汗，喜得合不拢嘴。让座、拿糖、沏茶、做饭，活似在操办一桩喜事。

"瞅咱锲儿多威武，多帅气，到队伍上准有大出息。赶明儿准能找个俊姑娘。他婶子，您就等着喝蜜吧！"王锲伯母粗喉咙大嗓门的夸奖引起大伙一阵大笑。

"我看哪，单凭咱锲儿这一表人才和一肚子墨水，就是不当兵，也不愁找个好媳妇。"和王锲家隔墙住着的王三奶奶拄着拐杖慢条斯理地说。

一时间，王锲成了大伙议论的中心人物。他被说得满脸通红，不好意思地拿起扫帚向院门口走去。其实院里院外早已被爹妈打扫得干干净净。

当他刚迈出院门，却看到高逢君突然来到了近前。王锲不禁"嗯"了一声，然后和她对视了片刻，竟不约而同地笑了，差点笑出声来。王锲带着她一边往院里走，一边向大家介绍说："我的同班同学，从城里来的。"

于是，几十双眼睛唰地移向这位俊俏的姑娘。她穿了一身天蓝色制服，白皙的脖颈上围着一条在当时农村很少见的紫红色纯毛围巾，显得端庄而脱俗。用农村妇女品评姑娘相貌高下的话说，可谓是"百里挑一"了。高逢君迎着在场人的笑脸，极有礼貌而又羞涩地点着头。

农村妇女是通情达理的。属于串门的街坊邻居都以十分羡慕的眼光抓紧看了几眼，然后相互使个眼神，打个招呼，便一步一回头地走出门外，留也留不住。

"明天就走吗?"高逢君坐在王锲的床边，一边帮他整理要带的书籍和行囊一边问道。

"是啊，明天就要到县上集中了。"回答了高逢君的问话之后，王锲在整理东西的手停下了，表情有点异样。这倒使高逢君感到心里凉凉的，有些纳闷。

"王锲，你……你咋的了? 我看你好像有什么心事?"

"噢……啊，不知怎么搞的，人未离家心却早已飞向了部队。昨晚我在梦里梦见自己参加了一次战斗，并且还立了功。你说可笑不可笑，一晚上都没睡好。这两天思想老走神，总想着部队，揣摩着部队的生活是啥样子，比如我刚才……"

"王锲，你以为我们几年的关系怎样? 算得上好朋友吗?"她脸红了。

"那还用说。"说罢，王锲从枕头下边抽出一个 36 开的红色日记本递给她。她打开一看，第一张赠言扉页上用正楷写着:

海内存知己，
天涯若比邻;
有志同学辈，
殊途定同归。
与逢君同学共勉。
王锲   1972 年 11 月 15 日

高逢君十分珍惜地用手绢包好放进随身携带的小挎包里，然后，取出用桃红纱巾包裹着的一小包东西放到了桌子上。王锲打开一看，很是出乎意料，展现在面前的竟是一双用各色彩线纳就的花鞋垫，正中间用深绿彩线织着几枝松枝，并绣有"万古长青"四字；一只洁白的枕套上绣着"花好月圆、鸳鸯戏水"的彩色图案。

"噢！你的手艺？"

"跟别人学的。"

"嗯，不错。可到部队咋敢用这东西？"话一出口，他感到有点不妥，他已经意识到这礼物意味着什么。因此，起初还想说的"用不着，你拿回去吧"的混账话幸亏没说出口，要不该会使她一个大姑娘家多狼狈呀，他恨自己的愚钝。想到这儿，他的心里犹如几只苍蝇爪子在抓挠，说不出是激动还是难堪。

高逢君在心里暗暗嗔怪王锲："真有点傻梁山伯的味道，差点让我下不来台。"

少顷，她真的埋怨起他来："你这人也真是……现在用不着，等以后用嘛……"话未说完，她白皙的面颊已涨得通红。

"那就让它作为我们友谊的见证吧。"说着，她忙把用心血织成的礼物放在了抽屉里。

很显然，她是怕别人看见难为情。随后，她又从上衣口袋里掏出一个封面烫有井冈山图案和毛主席草书"星星之火，可以燎原"的笔记本，说道："给，我的字写得不好，也想不起写什么合适。"

"噢，还有本子呢，你看。"王锲指指床里边一沓各色大小不一的笔记本说。

她急忙挨个翻了翻所有本子，发现除了和王锲同村的女同学张蓝馨外，几十个本子都是男同学所赠，心里一下轻松了许多。这是同性的嫉妒，还是爱情的自私？她也说不清楚。

王锲拿起她赠送的本子，抚摸着封面，痴痴地看着她，似乎想说什么，但始终没有开口。她已张开的爱的罗网令他陶醉，在面若桃花、亭亭玉立的异性面前，他的爱心骤然骚动起来，"啊，这难道就是爱吗？"想到这儿，他有点激动地说，"还写什么赠言，珍重的友谊在心底。愿我们的友谊像星火燎原，似井冈山青松那样永不凋零。"王锲指指本子封面图案。

"嗯！"她轻轻地点点头，从王锲手里要过本子，在第一页写上了"友谊地久天长"六个字。右下方写了个小小的"君"字。

"我自知字不如你，但它是我心里的真实记录。你不是说发自心底的友谊更珍贵吗？"

"嘿嘿，是。"他轻轻点了点头，会意地笑了笑，在瞬间的对望中，第一次默默地咀嚼着这初恋的幸福。

此时，高逢君觉得她是这个世界上最幸福的人，两颊笑出了酒窝，爱的甜蜜似能从嘴角溢了出来。她动情地踱到桌前，两手轻抚着花盆里青翠欲滴的文竹，"啊，小小生命，郁郁葱葱；生机盎然，永不凋零。"

美丽的姑娘，更显得妩媚动人。是啊，爱的音符第一次在他们之间，在他们心里发生了共鸣。

"你爱我吗？"他没有用这样愚蠢、粗俗、肉麻的词汇问她。有物为证，还有那炽热的脉脉含情的眼睛。王锲没有拥抱她，更没有热烈的飞吻。他认为，那是绝顶的庸俗，简直是对爱情的亵渎。因为，他们彼此心里都有一种心照不宣的契合。

……

明天，不，九年之前——1972 年 11 月 16 日，县革委、人武部、各界代表一千多人，要在县人民剧院为将要出征的全县新兵举行欢送电影晚会，电影为《英雄儿女》。在开映之前，王锲将代表全体新兵作出发前的宣誓发言。

王锲已走向麦克风前，当他抬起右手给台上台下的众领导、众乡亲、众战友敬了个庄重的弧形军礼的时候，赢得了全场雷鸣般的掌声。是啊，多么英俊帅气的小伙子啊！

　　"尊敬的县、社各级领导，尊敬的部队首长，尊敬的各位战友和在场的乡亲们：明天，我们就要带着各级党的领导和全县 40 万人民的重托与殷切希望，辞别故乡，应征入伍了。"

　　她清楚地记得，王锲说到这儿眼眶湿润了。那是激动、兴奋的泪水，比金子还要珍贵的泪水。

　　"到达部队之后，我们决心认真学习马列、毛主席著作，服从领导听从指挥；一不怕苦，二不怕死，像王成那样去生活、去战斗。活着做条龙，决不像条虫……放心吧，张张喜报寄回家，这就是我们全体新战士共同的誓言。"

　　直到现在，她的记忆仍然是清晰的。雷鸣般的掌声犹如刚在耳际响过；仍能体会到当时她和几位女同学代表全校师生给王锲他们佩戴大红花时，镁光灯闪烁时的自豪和荣耀。当时，她对李校长的刻意安排是怀着何等的感激之情啊！

　　她记得，那是 11 月 17 日的早晨，太阳初起，灿烂的朝霞染红了遥远的天际。

　　"咚咚锵！咚咚锵！"锣鼓喧天，彩旗飞扬，送行的队伍很长很长；街道两旁各个机关单位和群众在欢送、在道别……

　　"咚咚锵！咚咚锵！"花炮齐鸣，万人空巷，犹如送帝王出巡，似送解放大军开赴新的战场。气氛热烈、庄重、情长。

　　她一大早起来，追着人流，拨开人缝，追呀找呀。终于，她看到了王锲，便忘情地扑上去，抓住他的手，"给，20 块钱。刚当兵钱不多，零用吧，"她硬塞进王锲的衣兜里。她依依不舍地仰望着王锲，手在抖，泪在流，忘记了周围的人，熟人、生人，活似电影里送郎当红军的情景。

九

两情若是长久时，又岂在朝朝暮暮。

初恋者炽热的情思何以慰藉？两地书，鸿雁情。

1972年12月23日，高逢君给王锲寄出了第一封情书——

王锲：

　　我心目中最为敬重的同学，怎么称呼你好呢？你给全班师生的信我看到了。大家都在为你感到自豪。你们的部队生活多有意义啊！不知为什么，每当同学们谈起你、羡慕你时，我从心底里就萌生出一种无可名状的愉悦，似乎我也很光荣。你同意我这种说法吗？我自认为这不是轻浮，因为只有对你一个人我才肯说。我相信你，你也理解我，对吗？

　　人们写信总爱说，"XXX见字如面。"我是不太赞成这种说法的。我认为写信有时比面谈涉及面要宽泛得多。当面难以启齿的话，信中则可以无拘无束地表达，撕去了虚伪、羞涩的面纱。我看过一些爱情小说，那热恋的情书啊，那肉麻的语言简直让人起鸡皮疙瘩。我想，他们面对面时脸皮决不至于如此之厚吧？你看我都说了些什么？王锲，同学几年，你我之间不能说不了解，特别是我对你的了解。你喜欢直言，讨厌油嘴滑舌，我也只好直言相告了。我认为你为人正直、忠厚，学习刻苦，也很聪明；对人生、对理想、对前途，有一种坚定的信念和锲而不舍的抗争意志。因此，我打心底深深地敬重你，把你看作是唯一值得我仰慕的人。和你在一起学习，就感到有一种力量在促使我奋发向上；在你身上我看到了人生的希望和跳动着的理想之光；你使我的思想和生活由空虚变得充实起来。可是，自从你参军以后，或者更准确地说，从上月17日我们分手之后，我心里就怅然若有所失，食不甘味，思想空虚、孤独，常常失眠，老想……唉，老是想你。你不笑话吧？我现在脸已经红了。我曾经在心里暗自咒骂自己没出息。王锲，我是多么希望你理解我这颗心啊！我们俩交个朋友好吗？其实，我们早就是要好的朋友了，对吧？我们之间的真挚友情还能发展吗？愿我们的情谊似星火燎原，燃成……

王锲，我的心都交给你了。我何以如此自己折磨自己呢？

盼望你的回音。

祝你进步！

喜欢你的逢君

腊月 27 日凌晨

果然不负高逢君的期望，她很快便收到了王锲的回信——

逢君：

你好！十分感激你对我的真挚友谊。时间虽已经过去月余，与故乡、与亲人、与你依依惜别的情景至今仍在眼前依稀晃动。你晶滢的泪水已滴在了我的心底，连同那深深的离情。我理解你，特别是当看了你的来信，这种理解愈加深浓。

逢君，请恕我直言，看了你的来信，我心里不仅是幸福、高兴，而且还萌生出了难以名状的苦楚和悸痛。是幸福多于苦楚，还是高兴胜过悸痛？我说不清。

爱情是美好的，但又是十分严肃、神圣的。每一对青年男女都要客观面对，甚至回避不得。没有得到她时，总希望得到她；可一旦爱情闯入你的生活，在你的脑子里占有一席之地时，她却像一位严肃的判官，折腾得你心神不宁、无所适从，这正是我此时的心情。如何回答你呢？……几千年封建势力和传统观念仍在束缚着我。因为在现实生活中，这种影响仍在起着作用。我们是现实中人，怎好超脱呢？我这么说，不是说你不值得爱，恰恰相反，我其实早就喜欢上你了——你的人，以及你的开朗、直率、乐观的性格。唉，说爱也罢，但对于你的爱，只能是朋友间的友爱，我不敢存有这奢望，更没想到她会发展成爱情。现在，她已成为一个现实课题摆在了眼前，我们只好面对现实，用理智、严肃的心态来处理。

我认为，既然爱情是严肃的，所以就不能靠一时的冲动。她需要慎重考虑，认真对待。

逢君，你是值得爱的人，可是我有爱你的资格吗？这个问题在我入伍以前，特别是你到我家送礼物走后就想到了。当天我休息得很晚，躺在床上一直失眠。也许你现在肯定会说，有！我有爱你的资格。然而，你想过没有，习惯势力允许吗？家庭同意吗？你能顶住舆论的压力吗？现在，虽说陈旧的婚姻观念受到了批判，可包办婚姻、买卖婚姻的情况仍比比皆是。计较双方家庭条件、经济状况、人的地位，讲究门当户对，谁不承认这一点他就不是唯物主义者。我想这绝不是诡辩。难道你就没有一点攀龙附凤的杂念？你的家庭即使同意，也很难说没有一点儿希望你得一乘龙快婿的念头。就家庭而言，你父亲是县革委主任，无论将来你就业还是深造，都不是问题。而我家几代人都是老实巴交、目不识丁的农民。再说，从今年开始，部队连以下转业干部和退伍军人一律哪来哪去。我不敢有当兵镀金、升官发财的奢望；只有响应号召尽好义务、经受锻炼的思想。假如几年之后解甲归田，你还会爱我吗？也许你会说，"永远爱下去。"谢天谢地，但愿如此。今天是元旦，晚上我们看了朝鲜电影《鲜花盛开的村庄》。影片中解甲归田的永哲是幸福的，他得到了妻子的爱抚与支持，成就了他挚爱的事业。假如你能理解我这话的意思，那么，我就满足了。

逢君，你是值得我爱的，但我始终缺乏这种勇气。我认为，人应该格外珍重一个人的声誉和尊严。因此，对于爱情我们必须慎重对待，以维护她本身固有的纯洁和崇高，开一代婚姻恋爱的道德新风。我需要爱，但又顾虑重重。我害怕坠入爱情悲剧的痛苦泥沼，成为世人茶余饭后的谈资，那将是人生中的最大耻辱与不幸。

我的心已经掏给你了。你能理解我此时此地的心情吗？我喜欢你，更渴望得到纯真的爱情。

夜已很深，电筒电池亦将耗尽。

愿你新年愉快，不再失眠，做个美梦！

为你失眠的：王锲

1973 年元月 1 日

收到王锲的回信，高逢君恨他肠子拐弯太多，问题提的既深刻又尖锐。这一点儿是她始料未及的。因此，她不得将他提出的问题作一次慎重的梳理。

经过一番深思熟虑，她终于做出了选择。"他有自知之明，然而有自知之明正是他的可爱可贵之处呀。他的确爱自己。话虽难听，但都是真话。只有那些蠢蛋、酸鬼才会在恋人面前说出那些言不由衷、令人肉麻的混账话来。"

"嗯，大凡有自知之明者，系有理想、有抱负、有大作为之人也。他分明是在考验我，试探我的心呢?！爱情虽需冷静，但也需要果断。一旦时机成熟，则不可坐失良机。否则，就有可能铸成终生遗恨。"

同时，她也深知自己的母亲是一位极端自私、自负、势利而神经久正常的女人。的确，当她的母亲得知女儿喜欢上庄稼汉儿子王锲的时候，气得臭骂了她一顿："你这见识短、没脸没骚的贱丫头，世上长得帅、有出息的小伙子多的是，难道以后你就情愿和他一辈子扛锄头、把三垄受洋罪，啊？……我不早给你说过，王副主任答应给咱操心，给你在省城找一个好人家嘛。不听老人言，吃亏在眼前，你就等着吧。"

对于母亲的责骂她早有思想准备，所以根本不当一回事。自己的母亲嘛，骂就骂几句吧，毕竟也是对儿女好。

"好了好了，别动气了，吵得时间长了就不怕口渴，我可没工夫给您倒水。也真是，没完没了的，您唠叨完没有？我的老娘啊……吵得我耳朵都快起茧子了……"

高逢君不耐烦地趁机溜了出来。母亲手握扫帚在身后撵着骂着，"没出息的傻东西……"一尺长的扫帚头从女儿头顶飞了过去。

为了说服母亲，晚上睡觉时她和母亲躺到了一头儿，使出了作为女儿对母亲独有的攻心战术和看家本领。在她讲了王锲一大堆好处之后，母亲终于妥协让步了："老天造化，给俺送来个打着灯笼也难找的好门婿。可是先说好，以后要是你给我丢脸，让老娘说不起话，可别怪我不客气。"

在征求父亲意见时，结论简单而明了："相信我闺女的眼力，但愿将来的一切都能像你所说、所想的那样令人满意。"

此时，高逢君像打了一场胜仗的勇士，像飞出樊笼的小鸟，兴奋难抑。于是，第二天便急不可耐地向心上人寄出了第二封情书——

亲爱的王锲：

今天是元宵节，祝你节日愉快！

看了你的来信，我生气了，好恨你。但恨里蕴藏着对你深深的爱恋。起初，我曾经有过从此不再理你的念头，但怎能舍得呢？有人说"直爽是诚实的象征"。你是一位诚实、直抒胸襟的好人，这正是我衷心喜爱的呀。

你真好笑。怎么把我看的那么扁，那样糟呢？我深知，建立恋爱关系的基础是相互间的友谊、理解和相知；是理想和志向的一致，而不是什么"权力"、"地位"和"家庭条件"，等等。我想，我还不至于是那种目光短浅、薄情寡义的庸俗之辈吧？爸爸妈妈更是通情达理之人。我衷心地信赖你，也愿你对我十二分的放心。

相信我吧，不管命运之舟把我们载向何处，我将终身伴随在你的身旁。

很想念你。如有刚照的相片请寄一张好吗？

你的君

1973 年 3 月 6 日晨时

十

王锲相信了。他认为，倘若一个人背信弃义、出尔反尔的话就不是一个真正的人。因为，仁、义、礼、智、信是我们民族所推崇的传统美德。他相信她是好人，会信守承诺。

可是，当王锲写信征求家中父母意见时，却遭到了他父亲的严厉训斥和拒绝。信虽是弟弟代写的，还是字字千钧般敲击着他的心。什么"门不当户不对"、"咱家的鸡笼子装不下这只金凤凰"、"不要头脑发昏不自量"等等。善良的王锲妈也未置可否。闺女聪明伶俐长得好，她打心里喜欢，但想到老头子的忠告也觉得不无道理。一时间，高逢君在他们二老眼里成了供人观赏的香瓜，捏在手里的琉璃咯嘣（注：比灯泡还要薄、一吹咯嘣响稍碰即碎的儿童玩具）——香得不能吃，脆得玩不住。

王锶一颗炽热的心，一下子被这盆冷水浇凉了，他陷入了尴尬、无所适从的境地。

然而，当高逢君得知这一情况后，她并没有失望。

毕业了，闲暇无事，她成了王锶家的常客。王锶的父亲看到她来，总是不卑不亢地打个招呼，便马上借故离开。对此，她并不在意。相反地，在王锶妈跟前显得更加温顺、勤快。做饭，刷锅洗碗，打扫卫生，喂猪，喂羊，凡是家里活都帮着干，俨然是家里的一员。她认为，打通老人思想最奏效的办法不光是语言，要紧的是行动。有一回，她和王锶妈坐在一起，边择菜边不无感慨地说，"大娘，我知道大伯不太同意我和王锶的事。看来你们还不了解我，有误解。大娘，难道除非要我对天、对您二老发誓，您才相信吗？现在我们高中毕业了，毕业后也要下乡参加劳动，这有什么不好吗？就是以后找到一份工作干也不会变卦的，保证好好孝敬您二老。俺老家离这儿才四五里路，我妈说过正月就带着我和弟弟回老家住。往后咱家里有啥杂活忙不过来就给我稍个话。"

"看看，看看，多贤惠、多通情达理的闺女呀，儿子没有看错人。"王锶妈眼瞅着身边的未来儿媳，心里思忖着，露出了慈祥而又满足的微笑，"中中中，大娘信你！"……

由于长时间的语来行往，她靠自己的言行终于感化了王锶的双亲。她庆幸自己收获了"爱情"。

"还是锶儿他妈修得好，遇上了一个知情知礼的好媳妇。"王锶伯母的这些话真是说到王锶妈心坎上了。所以，每看到高逢君来，就乐得合不拢嘴，对她真比亲闺女还要亲。碰到有哪位婶子、妹子来串门时，她总要拿出高逢君给王锶和弟弟妹妹做的鞋袜给大伙看。

"虽说做的大小不一定可脚，可也是人家姑娘的一片心哪。这不，昨天刚拿来的松紧带、白塑料底，说是给锲儿做一双时样的松紧口布鞋咧。原先她说锲儿爱规矩，怕做了他相不中，非要俺做不可。我说，你就学吧，说是你做的他一定喜欢。就这样，她才答应自个做。"王锲妈如数家珍般地夸奖着她未来的儿媳。

"咦，看你这出息，眼都笑歪了，嘴水都快流出来了。"王锲伯母瞅着老弟媳妇挖苦道。

"闺女倒像个好闺女咧，说不准以后会不会像卦？"正在一旁收拾农具的王锲爸冷不丁地扔一句。他担心媳妇过门后会不会像别的人家一样：等啊，盼哪，媳妇进门不久，不是飞了，就是养了个少奶奶、小祖宗。总之，他难以判断这桩喜事未来的凶吉祸福。因此，喜中总掺杂着几分担忧。不过，到后来，他再没有提出过反对意见。打那儿以后，看到高逢君来的时候，也不再是待理不理的了。

"全看儿子的造化了，一切随缘吧。"王锲爸曾这样想。

……

1973年3月的一天，王锲妈拉着高逢君的手亲昵地说，"君哪，大娘的肠胃炎全好了，这几天多亏了你，大娘该撵你回去了，要不你妈又该想你了。还有，回去代我们老两口给锲儿写封信，他心里还犯着嘀咕咧。对他说你们俩的事，俺老两口一百个赞成，啊？"

"谢谢大娘、大伯。"高逢君用双手捧着王锲妈的脸，动情地在未来婆母娘的额头亲吻了一口。直到现在，她还记得当时她对王锲妈是怀着何等的感激之情啊！是啊，晚上她回到家里，兴奋使她忘记了时间，忘记了疲劳。妈妈、弟弟都睡着了，她悄悄地披上衣服伏在桌前，心里咚咚跳个不停。信该怎么写才好呢？她要给他倾吐的话太多了。多少炽热的话语从心头喷涌而出，凝聚在笔端。这晚，她写得很多，像一湾淙淙不尽的春水……是啊，在当时男女间谈恋爱谈到一定程度时，要成就婚姻，必须得到父母的首肯。双方父母同意了，也就把关系确定下来了，那叫订婚。你说高逢君能不高兴，能不激动吗?!

……

十一

"丁零零……"写字台上的闹钟将高岩从过去那甜蜜的回忆中唤醒，她回到了现实，心头顿感一阵凄凉，一阵绞痛。历史无情，命运多舛啊。想当年，自己是多么的幼稚、轻佻啊。对了，那天写信不也是一直写到第二天的 6 点吗? 然而，那是 8 年前 3 月 6 日的 6 点，今天则是 8 年后 9 月 25 日的 6 点。时过境迁，8 年前后的存在和意识又有多大的不同啊。真是人生如梦，鬼神难测呀。

她在沙发上挪动了一下疲惫的身子，本想睡一会儿，可仍然睡意全无；脑袋涨涨地，两眼怔怔地，脸颊有些麻木。她用双手狠劲儿搓了搓额头，拉开了窗帘，打开窗户，对着晨曦深深地吸了一口气，欲以此来舒缓长时间经受折磨的心。她用两手轻轻梳理了几下蓬乱的头发，本想和往常一样，到楼下花坛四周和着院内广播操的节奏，活动一下身体。可是，今天却完全没了这兴趣，心里一团乱麻，难受极了。

"唉，你这魔鬼。"她心里在暗暗咒骂王锲，"怎么非要和我过不去呢? 这倒霉事怎么偏偏让我摊上? 是命运之神在捉弄我吗?"

她心里忐忑不安，坐也坐不住，立也立不稳。无意中，她瞥见了相框中和杨明华那张珍贵的合影照片，脸上露出一丝满足的微笑，但马上就消失殆尽。记忆的屏幕上重又映现出使她不堪回首、啼笑皆非却永难磨灭的一幕幕往事——

　　王锲入伍半年之后即被所在部队选派到北京，参加为期三个月的无线电专业培训。高逢君得知消息后激动得一夜没合眼。在征得父母同意后，第二天就坐汽车转火车去了北京，五百多公里整整走了一天。行前她没告诉王锲，她想给他一个惊喜。她刚下车出火车站，即看到有一对三十多岁的男女正举着写有"接高逢君"四字的牌子在扫视着攒动的人流。她知道这是热心的哥哥事先长途电话联系好的。穿军装的是哥哥的同学刘振国，在北京某部当政委；女的是刘振国媳妇张雅琴，在北京某科学院工作。经过简短的寒暄、介绍，高逢君跟随刘振国夫妇上了接站的北京吉普，很快汇入长安街西去的车流。花灯璀璨，大路宽敞，车水马龙……高耸的北京饭店，金碧辉煌的天安门城楼……这一切都使初来乍到的她目不暇接。

　　"啊，太漂亮啦！"高逢君激动得喊出声来。

　　"是啊，有你逛的时候。坐车累了，吃过饭好好休息，养足精神再玩。"刘振国一边给高逢君介绍窗外的景物，一边附和道。

　　他们乘坐的北京吉普在西单路口右转，出主路，经七转八拐后，随着"咔哧"一声刹车，便稳稳地停在了有卫兵把守的某机关大院。

　　……

　　上午8点左右，张雅琴来到机关招待所，轻轻地敲了敲206房间的房门，见没有动静，便用钥匙打开了。

　　"小君，影响你休息了。"

　　"啊，不，雅琴姐，看我都睡到什么时候了。"

　　听到张雅琴的呼唤，高逢君急忙穿衣起床。

　　张雅琴把草绿色天鹅绒窗帘拉开，明媚的阳光将整个房间照得雪亮。高逢君揉揉惺忪的眼睛有点不好意思："你看我，都8点多了。耽误你上班了，真对不起。"

"哪能啊，今天正好礼拜天。哎，小君哪，要不要我陪你去见你那位白马王子呀。"张雅琴戏谑地望着她。

"谢谢。你们好不容易熬个礼拜天，就不麻烦了。你只要告诉我要乘的车次，下车地点就行。"

"那好，我就不当电灯泡了。四站地就到了。不过，咱可讲好了，到时候你可别在你哥面前说我们两口子不关心你哟。"说罢，张雅琴爽朗地笑起来，"好，洗洗脸吃饭吧，我猜你一定很想早点见到他，是吧？啊？哈哈……"

高逢君被她逗得满面通红："雅琴姐你真会开玩笑。"

她简单地吃了几口早饭，便急不可耐地按张雅琴的指点，在某部通讯学校门前下了车。她第一次进部队大院，不懂规矩，没打招呼就径直往里走。

"哎，同志请停一下，您找谁？"门口卫兵拦住了她。

"噢，我找王锲。"

"请到值班室登记一下。"

"好吧。"

值班室一位四十来岁的军人热情地接待了她。

"同志，请问你找谁呀？"

"王锲。"

"他是从哪个部队来的？"

"滨海 86709 部队。"

"噢，你从哪来？"

"山东。"

"噢，你贵姓？"

"姓高，叫逢君。"

49

"和他啥关系呀？"

"他是，他是俺哥哥。"

"嘿嘿，不对吧？你姓高，他姓王，他怎么是你哥哥呢？哈哈哈，是男朋友吧，老乡？"

"你也是山东人？"

"对。老家泰安，近着呢。"

"老乡，你这个朋友算是找对了。节假日、星期天很少见他上街玩，不是泡训练室，就是看书学习。好，你等着，喝点水，让我给他打个电话，好让他到这儿来接你。"

"好，谢谢你老乡！"

不大工夫，一位眉清目秀、英姿勃发的年轻战士款款走来。啊，那架势酷似电影《侦察兵》中王心刚饰演的侦察排长。

果然是他。高逢君急忙站起身，竟忘了和热心的值班老乡打声招呼，飞快地迎了上去。

"慢点儿，老乡。"值班室老乡在身后追了一句。

"你，逢君，怎么这时候来了？"

她没有回答，只有激动。如果旁边没人，她会立马扑上去，攥住他的手，亲个够，她想。

然而，现在是在营区的大门口，众目睽睽之下，岂敢造次。她没有和他握手，更没有拥抱，给他的只是会心的微笑。

"小王，今天该破例了吧？陪老乡到街上好好转转。去吧，我打电话代你向指导员请个假，去吧。"

热心的值班首长笑着，注视着眼前这对般配的年轻人。

"谢谢政委。"说着，王锲"咔"地一个立正，给当通讯学校政委的泰安老乡一个敬礼。随后便陪着高逢君登上了8路公共汽车。

"你咋不提前告诉我一声，好让我有个思想准备呀？"

"这次来，本来就没有思想准备。不知为啥，一得到你来北京学习的消息，我就想着要来，说来就来了，还准备个啥？你说，这叫不叫鬼使神差呀？嘻嘻。"

"啊，北京可真大，这么漂亮，比我想像中的还要好呀。"

高逢君惊讶得有点失态。

"可不是，仅长安大街就有十多华里长呢。"

这时，她发现同车的部分男女正以轻蔑、不屑一顾的眼神注视着她。顿时，一种强烈的自尊心刺痛了她。她承认，对于北京的了解、认知她不及北京的一个顽童，这有啥奇怪的。你们讥笑我无知、见识少是吧？别小看乡下人，唯我独尊，呸！别自恃什么都懂，不见得吧。我问你们，黄河是什么样子？泰山有多高？爬过吗？我们家的西瓜能长五六十斤重，你知道吗老太婆？你呀，不要以为北京十斤八斤的西瓜就大得了不得；还有你，别看像个洋秀才，如果没到过乡下，说不定也会说出"种米得米，花生结在树杈上"的混账话来……

她在心里对周围这些看得她有点羞怯，使她生厌的男女同胞一一进行了回敬。她不再想什么，也不再说什么，紧靠着车窗，默默地观赏着长安街及两旁的一切，大的、小的、长的、扁的，各种色泽的大小车辆鱼贯而过；王府井攒动着的人头，高耸的北京饭店，街道两旁一簇簇青翠而又整齐的灌木、花草，宽阔的天安门广场，雄伟的人民英雄纪念碑……令她目不暇接，兴奋不已。

"到了。"王锲轻轻拍了一下高逢君。

"咱们先看什么地方？"他们在中山公园门口下车后王锲问她。

"我啥地方都想看。"

"北京可看的地方多去了，想要三五天看完是不可能的。咱们还是捡就近的看吧。"王锲解释着。

"啊，天安门广场真大。"

"那是，不大咋能容下百万人在那儿集会?!"

"别慌！越是车到跟前越不能跑。"

她几乎是拽着王锲的衣襟过的马路。

这天上午，他们不仅瞻仰了人们英雄纪念碑，参观了宏伟的人民大会堂、中国革命历史博物馆，还走马看花似的逛了故宫、劳动人民文化宫和中山公园。每到一处都留了影。

眼看到下午3点了，高逢君的游兴却丝毫未减。在走到中山公园一棵高大的塔松树荫下时，王锲累得再也不想动了。

"哎，逢君，你当真不累?"

王锲一边问一边拉她坐在塔松浓荫下的长椅上。

"咋能不累？时间是宝贵的，特别是对于你和我。你只有今天一天的时间陪我嘛！再好的地方，我自己一个人玩有啥意思？再说我在这也就待几天，待久了恐怕影响你学习。所以，我们要让这有限的时间在我们身上发挥高效率，参观游览也需要只争朝夕，你说是不是？故宫后面不是景山公园吗？我们是不是到那里瞧瞧？走吧。"

"好吧，就听你的!"

在她的近乎乞求下，王锲不得不按她意见挪动了酸软的脚步。

"给，降降温。"起身后，她随即买了两块冰糕递给王锲一块。

"你自个吃吧。当兵的在公共场合吃零嘴是违反规定的。让执勤的警察逮到就难堪了。"

"部队清规戒律还蛮多的。"她不解地说道。

他们边走边谈，不时驻足流连一下眼前的园林景色，奇花异草，亭台楼榭……

当他们搀扶着，沿着陡峭的斜坡攀上景山中峰万春亭的时候，已是下午四点多钟了。她与他并肩凭栏，俯视着气象万千的北京全城，顿觉意气风发，心旷神怡。

"王锲，生活在北京太幸福了。"

"是的，北京有悠久的历史，辉煌灿烂的文化。她是祖国的象征，全国各族人民向往的地方。的确，生活在这里是十分幸福自豪的。不过，中国八亿多人总不能都住在北京啊，你说是不是？青年是国家的未来和希望，我们的责任就是如何发挥自己的聪明才智，用我们智慧的双手来装点祖国每一处河山，使她更加美丽，更加强盛。这可不是说教。人生苦短，日月荏苒，人生在这个世界上，切不可虚度时光，应倾其所能，给社会做点儿什么，创造人生应有的价值。你说对吗？"

"对。"她轻轻点了点头，深情地注视着王锲那英俊的面孔。她扯了扯他的衣袖，"走，到下边照张相吧。"

他们手拉手顺着石阶下到山下，在一棵苍劲的松树旁停住了脚步。微微的凉风吹拂着她那淡蓝色连衣裙，撩起她前额轻丝般的刘海儿，更显得俏丽动人。如果没人注意到她过马路的洋相和初次进京左顾右盼的好奇心的话，还真看不出是乡下来的姑娘呢。

她和王锲紧紧地依偎着，陶醉着。当周围的游客投来羡慕的眼神，当摄影师轻轻按动快门的那一刻，她是何等的自豪，何等的幸福啊！

眼看下午5点了，他们坐在万紫千红、香飘蝶舞的花坛旁，久久舍不得离去。

"还不相信我吗？"她紧攥着王锲的手柔声问道。

"你这个不速之客的意外到来，不是替我作了最好的回答吗？！"

"你以前那种种顾虑都是多余的。我们之间虽不是青梅竹马，也不是一见钟情，但我们是凭着几年共同学习互相了解才产生的感情。我相信我不会看错人。至于舆论说什么，我不在乎。我是经过深思熟虑才和你好的，你知道吗？"

"逢君，很感激你对我的信任和对家里的关照。我们虽是不同于马克思和燕妮的凡人，但我渴望得到像他们那样建立在同甘苦、共患难、志同道合基础上的纯洁美好的爱情。我这样说可能近乎荒唐可笑。"

"请放心，我会尽力去做自己应做的一切，保证使你满意。"

说完，她从随身携带的棕色挎包里取出两条洁白衬衫和一件咖啡色毛背心递到王锲手上，"这回该用得着了吧？！"

"那我给你送点什么呢？买件衣服吧。"

"净说傻话，我是给你要东西来的？你有几个钱，再说我什么都不缺。"

"那……"他挠挠头，"那咱就就地取材吧。"他拔出钢笔在刚买的贺敬之著的《放歌集》扉页上写下了如下几行字：

愿我们的友谊如景山松柏郁郁长青，

愿我们的爱情似玫瑰花样娇艳鲜红；

同心协力驾起生命之舟，

驶向那光辉灿烂的黎明。

写完，他十分庄重地将书和笔双手交给她。高逢君拿起笔又在书的扉页下方写下了"愿作双蝶比翼飞，天上人间永相随"。她满足了，望着王锲那闪烁着红光的帽徽，鲜红的领章，魁梧的身姿，英俊的脸庞，她有点动情，真想吻他几口。但理智克制了她，"他是军人，何况他本不是轻浮俗子。"于是她将他的手握得更紧了。眸子里跳动着炽热的火焰。

"你这次来京学习多长时间？"

"大概三个月左右。"

"真想跟你在一起多待一段时间，可现实不允许这样做。"她说罢，表情有些怅惘。

"咋的了，傻姑娘。你忘了，两情若是长久时，又岂在朝朝暮暮?!"

"哎，你哥哥的同学对你还好吧?"

"嗯，生活居住都很好，他们人也热情。"

"这样我就放心了，哎，时间不早了，要不要我送送你?"

"那你说呢?"她以迷人的眼光期待着……

当王锲将她送到刘振国家的时候已是晚上7点。夫妇俩非要留王锲吃了晚饭再走，王锲执意不肯，"谢谢! 无论如何不能在这吃饭，现在已经超假了，这点大哥一定理解。"王锲看看刘振国这位三十五六岁的军人说。

"也好，有空一定来玩。"

"好。谢谢!"王锲很自然地向刘振国夫妇敬了个军礼。

"好，再见。"

"再见。"……

她心里舍不得让王锲走，但她知道留也留不住。她跟着他，要送他离去，这样心里会好受些。她牵着王锲温暖的大手，像似仍有千言万语要说给他听，但一时又想不起说什么。"明天又不是分别，怎么又淌下了泪珠。"她恨自己真没出息。

"你呀，现在感情咋这么脆弱? 多待几天，下礼拜还可以见面嘛。"

"嗯。"她轻轻地抹了抹眼泪，不好意思地笑了，"我也不知道咋的了。"

"好，再见吧。"

"再见。"

车开了，王锲拉开车窗玻璃向她挥别。她一直目送他乘坐的公交车消失在梦幻般的灯海里。心上人走了，她一个人久久地待在那儿怅然若有所失。

晚上，她冲了个热水澡，洗去了一天的疲劳，躺在床上很惬意。"我们什么时候能有这样的房子呀？或许这里的一切我们都会有的。王锲德才兼备，前途无量，四个口袋的军褂子会很快穿上的。有志者事竟成，到那时我们也会坐着小汽车，像振国哥、雅琴姐那样去车站接父母双亲，接亲戚，接同学，接朋友。让他们也住这样的客房。我才不要电扇呢，不是说还有更好的空调机吗？那多好啊。我们也会有孩子，像雅琴姐的儿子维维那样乖巧、聪明。是啊，一位年轻军官，一位阔太太拉着一蹦三跳的乖儿子，逛大街，看演出，访朋友……美死了。"

"面包会有的，一切都会有的……"她幸福地闭上眼，继续编织着美好的未来，渐入甜甜的梦境。

……

"娟娟，娟娟，快上来，饭都凉了，这孩子。"隔壁马医生在喊楼下玩耍的女儿吃饭。

"啊？……"高岩被马医生的呼喊声惊回到现实。睁开布满血丝的眼睛看看表，已是上午12点半钟。她坐起身，打了个哈欠，手托下巴，两眼呆滞，浑身没有一点力气，像得了一场疟疾，痛苦极了。

"命运哪，你何必这样无情地折磨我呀。"

一时间，伤感的泪水顺着脸颊流落下来。

……

十二

高岩请了病假，她像得了忧郁症寝食难安。怕，恨，失落，痛苦交织在了一起。仅两天工夫就明显消瘦了许多。两眼凹陷，面容憔悴，青春的光泽隐去了；仿佛一下子苍老了许多，像变了一个人似的。

她现在再也没有欣赏歌曲的雅兴，更懒得出门一步，也讨厌别人到她房间来，认为清净就好。就连与她同室的好朋友李淑云也不例外。下午，这位调皮的同事来时说她得了相思病，总想挑逗她，好让她眉头舒展一些，开心一些。刚一进门便拿调捉腔地说，"宝玉来也"，"哥哥来了"。

但这一切只能博得她一丝苦笑和极不耐烦的呵斥："去去去，请你不要拿我寻开心好不好。烦死了。我要安静！"

比下逐客令还让人难堪。好心讨了个没趣，何苦呢？李淑云的脸也拉长了。是啊，她哪能理解她这位大姐的苦衷呢？

李淑云轻轻带上门，丈二和尚摸不着头脑地走了。高岩又陷入苦苦的思索之中。她想，事已至此，恨和怕有什么用呢？

他王锼说和我的初恋是一场噩梦。哼，我何尝不是如此？……我这叫自作聪明，自作自受啊。她照自己额头上狠狠地拍了一巴掌。

她认定这部《初恋的颤音》对于她和杨明华的婚姻大事将起到难于预知的毁灭作用。这部小说能否扼杀她与杨明华的爱情，她心中还是个未知。但愿杨明华永远不知内情。即或知道又怎样？他会理解的。婚姻恋爱自由吗，没有自由选择对象的权利，还算什么自由恋爱、自主婚姻呢？还没有结婚，吹了就这么仇人似的，如结了婚再离你该怎样，敢杀了我？岂有此理！有的人家离了婚，见了面还亲的跟兄妹一样，你呀，嫉妒心也太那个了。"量小非君子"，算我以前看错人了。看你能怎么诋毁我！

高岩想到这里，心里稍稍放松了一些。于是，便怀着一种窥探的心理，重又拿起文学杂志接着看了下去——

我不善于爱情甜蜜的辞令，我认为爱情的基础是相互信赖和对人生目标的一致追求。她需要千万倍的诚实，来不得一星一点的伪善与乞求。我自认为高盼君已超脱了家庭，超脱了社会舆论，超脱了势利观念。她 1973 年 6 月的来京以及她那一封封滚烫的来信，作为当时的我确实太看重了它，视字字如千钧，视承诺如磐石。因为，我将诚信、道德、良心看得比生命还金贵。所以，我相信她的心灵和外貌一样美丽。然而，我错了。她有的仅仅是漂亮的外壳，所谓诚实、忠贞不渝和信誓旦旦竟是一剂诱人的迷汤。我注重了真善美，却忽视了假恶丑。原来，发生在我们之间的爱情竟是以彼此存在条件变化而变化的"晴雨表"、"风向标"。

她虽不算水性杨花的轻狂女子，却是一位贪图享乐、追名逐利的势利鬼。

她从北京返乡之后，在县城某镇的一所小学任代理民办教师。那时，被推荐上工农兵大学必须接受贫下中农三年再教育之后才有资格。其实，她并不安于终身做一名默默无闻的小学教师，纵然是公办教师也不情愿。这不是她希望的归宿。一次她在给我的一封来信中谈到，她对自己的前途很悲观，"在进行一场精神上的万里长征"，"你是我希望所在，心理慰藉的唯一"。那时，她给我的来信可以用纷至沓来来形容，其频繁程度绝不亚于鲁迅与许广平的《两地书》。柔情蜜意令人沉醉，然而，我却把它当成真正的爱情。

有一次她来信说："听说你现在的工作是耍笔杆子，还是什么报社、电台的记者。同学们都很羡慕你的工作，说你将来一定会有大出息。"

看过信我笑了，随即给她复了一信，向她泄露了"军事秘密"，"我的工作既光荣又艰巨，不但耍笔杆，而且有时要握三四只笔——彩色铅笔。我的工作是无线电标图，不是什么记者，你不会失望吧？不过，我很知足。"就这样，我第一次给她泼了冷水。正是从这时起，我开始隐隐约约警觉到，她对我隐藏着官与禄的渴求。

大约一个月之后，已上初中的妹妹来信告诉我：爸妈让我给你打个招呼，盼君姐思想动机有问题。她对她的好友芳娟说，如果你当不了官她爸妈就不同意，她也难说。咱爸要你小心点儿，别上了她的当。不过，她照常到咱家来，看着还是挺亲的。……

怎么给她写信呢？问她"假如我提不了干，你就和我告吹吗？"显然，这样的提问太愚蠢，相信她也断然不会承认。于是，我采取了含沙射影、旁敲侧击的方式给她去了一封信——

盼君：

你对我要求很高很严，希望我做出非凡的成绩，这使我很感激。我仿佛看到你美丽的眼睛在注视着我，似有深深的渴求。这倒叫我联想到电影《渡江侦察记》中老班长脚上穿的妻子做的绣有"渡江胜利"四字的军鞋。也许，世上身为恋人、伴侣的女人的思想感情是相通的，都希望自己的恋人、丈夫赢得胜利的荣誉。

没有远大理想的人，他的思想是空虚的。坚定的信念和对未来的孜孜追求，是我们青年人具有的良好品德。拿破仑曾经说过，不想当将军的士兵不是好士兵。他说这话的意思并不是希望所有的战士将来都成为将军、元帅，而是希望所有的士兵都要树立远大目标，积极进取，成为冲锋陷阵的将军之剑，最大限度地体现人生的价值。

作为解放军的一分子，应以努力工作、发奋学习为己任，以服从命令为天职，竭尽所能，以满腔热血填写我服役的青春历史。

如果有一天，部队需要我"当官"，我高兴；需要我退伍，我也会愉快服从。战士，只要你是一名真正的战士，无论历史的潮水将他推向哪里，他都会找到前进方向，对此，我一直坚信不疑。你意如何？

……

她是聪明人，对于我的来信表示了极大的不悦，下面就是她给我的复信——

黄锲：

原谅我今天才给你回信，因为我生你的气了。看了你的来信，我简直不相信自己的眼睛。你不是喜欢直抒胸襟吗？怎么突然变成弯弯绕了呢？看来，你还不了解我，更没有真正相信我。我认为，我对你的要求并不苛刻，希望你进步也出于好心。因为从某种意义上讲，你将来的一切也是我的，我的也将属于你。不然，何谈同甘共苦？然而，你却从另一方面曲解了我。

恕我直言，对于我们的恋爱、订婚，社会舆论是有的，包括我们的老师、同学，有的说你缺乏自知之明，有的说我鬼迷心窍自讨苦吃；甚至还有人说，如果你提不了干，我就会翻脸离开你，等等。你想，我能卑鄙到如此程度吗？

不可讳言的是，对于我们俩确立关系，确有过来自家庭的压力，特别是我母亲。对于她，我们应当理解，因为她本身精神上就有点不正常；爸爸持中立态度，不过哥哥是支持的。况且，你已收到了哥哥的的来信，我们还是多数嘛。一年多来，尽管有不少人给我介绍工人、干部、军官，但我都一一回绝了，矢忠于我选定的人——你。难道你还不相信这是真话，而去听信他人的挑唆吗？

希望你以后少来那套弯弯绕，这样会伤感情的。记住了吗？

此祝

健康

你的盼君

1974 年 5 月 3 日

附言：此寄去半身照片一张，也请你再寄一张给我。想你，恨你。

当时，我看了她的来信，心里像盛夏喝了冰镇橘子汁一样清爽，以为收获了罗密欧·朱丽叶式的爱情。于是，我随即将在王府井中国照相馆照的一张二寸彩色照片寄给她，以示忏悔之意。

是的，我曾渴望爱情，甚至于沉醉。然而，一旦涉足于她，却深切地体会到爱恋并不都鲜花遍地，更不是无限的甜蜜。她有时像一匹桀骜不驯的野马，难以驾驭；有时又像一泓平静的秋水，含情脉脉风情万种；有时也会风云变幻、阴晴难辨，犹如坠进五里云雾之中。令你胆寒，使你心惊。

是啊，"存在决定意识"。马克思的这一警句从另一方面无时不贯穿于我们恋爱的整个过程。

1974 年 8 月 28 日，我光荣地加入了中国共产党，并且被抽调到部队政治部从事新闻报道和地方几所中小学的校外辅导工作，这一次真的要拿起了写作的笔杆子，开始在部队报纸上发表些豆腐块文字和一些反映部队生活的新闻照片。当她从回乡探亲的老乡那里得知这一消息后，她是何等的欣喜若狂啊！

来信了，措辞是热烈的，字里行间跳动着一颗烫人的心。"纵然你将来变成一只鸽子飞向天涯海角，我这颗心哪，将永远伴你左右，海枯石烂到白头。"

同年九月，凭着她任全县一把手父亲的"潜在优势"，加之她能顺应当时的历史潮流，敢在成千上万的群众集会上吟诗放歌，在学习、宣讲无产阶级专政理论运动中表现突出，成为幸运儿，"带着党和人民的重托，跨进了大学的校门，成了省医学院一名工农兵学员。"她说，"我梦寐以求的理想实现了，我们多幸福啊。党和人民培养了我们，我们的一切都是属于党和人民。人民送我上大学，我上大学为人民。"心中充满由衷的惬意，"亲爱的，半年时间我们俩的情况发生了多大的变化呀，你光荣入党，上级又把你抽调到重要的工作岗位，我也上了大学。双喜临门，双喜临门哪！我也像你入伍前夕在心里暗暗设计未来的战斗生活一样，也在悄悄地设计、憧憬着我们那诱人的明天。未来的明天多美呀。"

"存在决定意识。"你不承认它，就让你失败，让你倒霉。

她正是一个以自身存在条件的不同而驾驭爱情的人。看得出，她上大学之后，要从我身上得到我还从未想过的东西。1975年上半年，几个同乡战友先后提干，可我仍然是只穿两个口袋的大头兵。她开始向我发难了，"难道你就不能报考一下工农兵大学，做一位工农兵大学生？别人提干了，你德才兼备，为什么就没资格？有志者事竟成吗？……"要求一次比一次提高，像一条条无形的枷锁，犹如一支催命的符咒向我掷来，我的心再一次凉了。每遇到这种情况，我总要给她泼泼冷水，"个人无权申请考工农兵大学，要由上级推荐。提不提干个人说了更不算，谁不想快点提呀（其实，我的提干函已经发出，但我没有告诉她）……现在后悔还来得及……"就这样，几盆凉水把她爱的热浪浇灭了。爱的裂缝便从这里开始，并一天天扩大着，令你猝不及防。她的信少了，我也是。称呼变了，"亲爱的黄锲"改为"黄锲同学，"甜言蜜语变为逢场作戏的客套。

从此，我感到有一种不祥之兆，对她已不抱任何希望。而她却仍然视我"最知心的朋友","丝毫没有看不起你的意思","我怎能卑鄙到如此程度呢?"天哪,笑则无心,哭则无泪。可怕的是,我将承担踩躏爱情的罪名。

她始终处于爱与不爱的主动地位。

远了。她在我心目中,像雷达显示器上的目标,渐行渐远,渐渐地隐去……

我决心从此把她彻底忘却,并且在她送我的烫有"星火燎原"金字的笔记本赠言栏里她写的"友谊地久天长"下面写上了一个大大的"否"字,平生第一次流下了苦涩、懊悔的泪水。

陷于失恋痛苦的深渊不能自拔的人是可悲的。然而,我自认为我解脱了。"哈哈,一个工农兵大学生有啥了不起。推荐,推荐,什么推荐?还不是靠你有一个掌权的爸爸吗?金钱和地位并不能使卑劣的人变得高尚。"我想。为什么干部子女大部分都被推荐上了大学?听说北方工学院的学生最低也是公社书记的子女,要么就是掌权者什么七大姑八大姨的亲戚。就是这些所谓有实践经验的"佼佼者",有的竟闹出了不知道数学有立方、正切余切,说高尔基和鲁迅是同乡等等笑话,为老祖宗丢尽了脸。"高贵者最愚蠢,卑贱者最聪明。""未来的大夫,不要坐井观天,妄自尊大吧,呸!什么友谊地久天长?什么海枯石烂心不变?去!伪君子。"我竟然嗤之以鼻。我至今不明白这是阿Q式的精神胜利,还是出于对现实的无奈?于是乎,我眉宇舒展,食欲大振,腰板直挺。每逢独自一人在子牙河堤岸散步时,我总要伴着那湍湍流淌着的河水放声高唱:

"燕山高又高,金泉水长流……""我爱这蓝色的河流……背弃我的姑娘你在哪儿躲藏?……亲人就是那解放军……感谢解放军哎,情那么情意深。"

再见了,负情的姑娘。

　　同窗战友张景茂说我这是"长歌当哭，宣泄私愤"，刘胜利则说我是"阿Q式的胜利者"。也罢，任其随便评说去，我均未置可否。

　　我的生活以及精神又步入正常轨道。清静，坦荡，奋进，自强。

　　然而，清静坦荡的心地是有限的。原来，清静和烦闷，坦荡与波澜却是孪生子哟，相对而存于人间。

　　果然，一粒石子打破了我心底的宁静。

　　1976年7月2日。

　　一篇三千来字的人物通讯我竟然整整誊写了一下午。按新闻干事易东民的交代，《解放军报》和《空军报》社各寄一份。我将封好的稿件装入了待发信袋，只等收发员来取。

　　处理完一天的工作，我站起身，伸展了一下四肢，对着台扇吹了吹风，感觉浑身的舒坦。

　　当我顺手拿起刚刚收到的一叠报纸准备浏览几眼时，有一封信从里面滑落下来。水红色带线格的信封，犹如一块儿姑娘们时下爱穿的的确良布料那样素雅。像火柴棒拼凑的钢笔字跳入我的眼帘，啊，是她的来信。

　　心中是喜？是惊？是忧？随之，一股热血便涌到了脑门。

　　"既来之则应之。"怀着忐忑的心情，我打开了她就久违的来信——

　　黄锲，我最尊敬的同学：几个月没看到你的来信了，心里有说不出的惆怅。你一直生我的气，我也就不好意思多寄信于你。不过，我是按你以前所说的做的——我们所希望的不是洋溢在信中字里行间娓娓动听的话语，更不是信的数量，而是各自的具体行动——言语付诸实践中。勤奋学习，努力工作，做出成绩来，就是

64

对亲人、朋友们最好的慰藉。我也在悄悄地向这个方向努力。你常引用鲁迅的话说，时间就是生命，那时钟嘀嗒嘀嗒的流逝声就是生命前进的脚步。时间过得太快了，两年的时间象淡淡的流水从身边淌过。由于政治学习较多，专业学习时间就少得可怜。时间飞逝，教材极少，买也买不到。所以就医学理论知识而言，我几乎是一个赤贫。不学则无术，怎谈为人民解除病痛呢？下一个月我们就要到鲁西北农村实习了，这不能不让我感到苦恼与无助。我连一本最基本的工具书籍都没有，要搞好这次实习谈何容易。苦闷之时，自然想到了你，特向你写信求援。你们住在京津大城市，一些书想必会好买一些。下面就是我拜托你要买的书名：《中医学概论》上下册、《中医内科学》上下册、《中医临床经验》、《中医方剂学临床手册》、《实用药物学》、《医学中参西录》共八本。

万望你在百忙中挤点儿时间，到书店费心找一找。买到后从速寄来，以解我燃眉之急。

祝好。

盼君
1976 年 6 月 26 日

起初，我真打算不再理她，不过冷静想来，还是按她的要求做了。为什么？我认为纵使是邻居或一般的同学朋友需要我们帮忙、代买些东西，也应尽力而为。何况和她还有这样令人头痛的关系呢！

"各凭良心吧。"

我这样做，是出于对她的同情，还是对她抱有幻想，连我自己也说不清。不过，我始终恪守一个原则，"对她，对任何人，都应抱以诚心。"

"老同学，你是否还有一种感动上帝的思想？"

已提升为指挥连电台台长的张景茂这样问我。

"或许有点儿，或许一点儿没有。我认为爱情绝不是恩赐。"我说。

"或许会感动她呢，全凭良心发现喽。"张景茂也拿不准。

在那狠批"白专道路"，提倡"白卷英雄"的年月，要买这些专业技术书籍谈何容易。为了尽快把书搞到手，我不得不动员一同入伍的同学和谈得来的战友，利用出差和星期天上街的机会，分头走街串巷，挨个儿到京津大小书店"搜寻"。结果，比我预想的要好得多，除《中医临床经验》和《中医方剂学临床手册》两本外，其余几种都一一买到。正当我为买不到这两本书犯难时，热心的卫生处马军医帮了大忙，将这两本工具书"借"给了我。临了，还打趣说："小黄，这点忙我还是乐意帮的。以后缺啥书，尽管说，啊？什么叫同志？咱们的老政委常说，'同志，同志，有了错误批评你，有了困难帮助你。'对吧？哦？小黄，什么时候吃你的喜糖啊？"

"到时候一定少不了您的。"我言不由衷地答道。心里比哭还不是滋味。

书买齐了，要善始善终。于是，我特意找来《解放军画报》，专挑了几张我认为很中意的画页："鹰击长空"、"黄山云雾"、"黄山云霁"、"草原晨曦"等，给所有的书本一一包上封皮寄了出去。

几天之后，她的信就到了——

黄锶同学：

你好！寄的书收到后，我真不知道该如何感谢你。你对我的帮助我你一辈子也忘不了。"有恩不报非君子"，以后我将尽我最大的力量来帮助你、报答你。买书钱不给你寄了，寄了你会骂我的。

黄锶，你一直以为我在变，这使我很痛苦。我一直把你看作最可敬的人，你在我心中的形像一点也没有褪去。真不理解，我们为什么要自寻烦恼呢?

　　爱情很少是一帆风顺的,就拿我们俩来说,万一以后因其他原因建立不起来婚姻关系,我认为,在我们之间建立的深厚阶级感情是永存的,你说呢?……

　　亲切地握手。

盼君

1976 年 7 月 8 日

　　"感谢,报恩",屁话!你爹妈、兄弟姊妹给你买东西也要千恩万谢吗?"万一,万一,其他因素,其他什么因素?"

　　我气坏了,将信扯了个粉碎。爱情本应给人以力量,可她却给我烦恼,涣散我的意志,无端地消耗我的精力。于是,我决心孤注一掷,成功与否在此一举。晚上,利用他人看电影的机会,给她回了这样一封信——

盼君同学:

　　你好!来信中说的感激话并不能使人感到满意。我认为,凡是不错的人包括知己好友,相互间帮助是应该的,根本用不着客气。客气过头就是外气。还记得四年前给你寄《鲁迅杂文选》、《红水河之歌》、《欧也妮·葛朗台》吧?怎么没听到你一句感激的话?昔日我们在景山公园互赠礼物时都不客气,但我格外满足。你变了,变得使人摸不着头脑,也许你会矢口否认。我始终认为,真正的爱情是发自心底的纯洁之爱,是彼此感情的相互交融。语言文字是心灵的窗口,是心之信息的传送。它像晴雨表、试风标,风雨、阴晴、冷暖都泾渭分明,怎能掩饰得了?你是否在自欺欺人?当然这些话在言辞上不免过激冲动一些,你一定接受不了。盼君,我们俩已相识交往多年,建立恋爱关系也四年之久。按理说,感情应与日俱增,愈加深厚。可遗憾的是,她在向相反的方向发展,日渐淡

67

漠，濒于恶化。爱情的花朵在我们中间已近凋零，这使我精神上无比痛苦。你承认也好，不承认也罢，反正我是这样想的。这次给你写信，我决定采取最愚蠢、或说最不道德的形式征求你的最后意见，将从你近五年来寄给我的诸多来信中，由前至后筛选几封寄给你，让你重新梳理、深省。哪怕你视作最后的通牒。

盼君，是该以诚相见的时候了。爱与不爱，关系保持与否，不应闪烁其词，令人猜谜似的。过去是过去，现实归现实。过去有过去的追求，现在有现在的尺度，请三思而后断。如果你仍在爱着我，谢天谢地，如果你现在认为我已不再是你心目中所选择的人，我也决不恨你。爱情不是同情与怜悯，不需要乞求，更不是施舍。我最为害怕的是，美好的青春年华蹉跎于爱情的唇枪舌剑之中，那将是人生最大的悲哀。

等着你的抉择。

黄锲
1976 年 7 月 13 日

我用特号投稿信封将此信和筛选的她的几封来信装好贴足邮票寄了出去。

信发走了，我自料凶多吉少。怀着困惑、痛楚的心绪，在等待着"爱情"对我的宣判。为了自慰，我竟荒唐地背会了鲁迅先生的打油诗——《我的失恋》：

……

我的所爱在豪家，

想去寻她兮没有汽车，

摇头无法泪如麻。

爱人赠我玫瑰花，

回她什么：赤练蛇。

从此翻脸不理我，

不知何故兮——由她去吧。

……

1976年7月21日下午，当我刚参加完机关干部战士学习雷锋经验交流大会，随队走出礼堂的时候，突然张景茂猛地上来拉了我一把，"给，情书，还有相片呢。伙计，只要我们的心是善良的，就一定会感动上帝的。这不，美人下凡了。"平时不爱开玩笑的他，也来了兴致，逗起了我。

"去去去，咱可没那福分。"我捏捏鼓鼓囊囊，多贴了两角超重邮票的大信封，自知凶多吉少——似一沓照片？我笑不出来，心倏地收紧了。我将大信封夹在胳肢窝里，迈动了沉重的脚步。

"别保密了，我还没见过你这位大夫夫人呢。"机要科的小赵一把抢过信封。

"对对对，有啥不好意思的。快拆开让我们也饱饱眼福……"指挥连、警卫连的几个调皮鬼撵上来缠着不放。

"不是我保密自私，也不是我……弟兄们，没啥好看的，一定……"我语无伦次地解释着。但是，不管你怎么解释都无济于事。越解释，他们就越上拧。他们的好奇心是可以理解的。是啊，曾经在机关、学校、工厂、部队等集体生活过的，正在热恋着的青年人，谁没有经历过这难堪的场面呢？然而，别人大都是"难堪的"幸福，而我却在经受这难堪的痛苦。

"再不让看，我就拆封了。"警卫连的小林已将信封抢了过去。

"别闹好不好，来，我自己拆。"我自知拗不过他们，"在这看多不雅观，来来来，"几个人跟着我嘻嘻哈哈闹着拥进我和易干事的宿舍。

当我颤抖着双手将信封剪开，呼啦啦掉在桌面上的竟是我四年多来给她寄的十几张照片和几张信纸。我一声不吭地呆立着。

精明的好奇鬼们知道这一切意味着什么。因此，一个个"张飞看针眼——大眼瞪小眼"，不吱声了。是他们给我找没趣，还是我给他们玩没趣？都不是。

"嘿，集体串门，有何贵干？"易干事回来了。等他发现大伙表情异样，正想说什么时，他们一齐挤眉弄眼地吐着舌头溜了出去。

"小黄，你这是怎么了？"看着紧锁眉头傻待着的我，易干事急忙问道。

我没有正面回答他的问话，将信递给了他，随将一沓照片往他面前推了推。我们两人开始浏览高盼君的来信，"这可能是最后一封了"，我想。

黄锶同志：

你 7 月 21 日的来信何等的好啊，做梦也没有想到你是这样残酷无情。再好的戏也有收场的时候，我们之间的唇枪舌剑也该休止了。事情既然发展到这步田地，我们之间的爱情只好从此一刀两断、分道扬镳。望善自为之。

最后一次祝好。

拜拜。

高盼君

1976 年 7 月 18 日

这天的晚饭我吃得很少，黄瓜菜是苦的，就连我平时最爱吃的辣椒炒肉丁也没了味道。

走啊，走啊，来回地走。晚上，易干事陪我在营区大门前通往市区的柏油马路上停停走走，走走停停。他尽量找一些宽心话安慰我，讲一些中外古今的喜的、悲的爱情婚姻故事给我听。

"婚姻恋爱是青年人一生中极其严肃的大事，否则还算终身大事吗?! 可悲的是，这样严肃的课题，却被一些人给亵渎、践踏了。"

我望着满天闪烁的星斗，没有言语，继续跟着向前走。

"小黄，从你给我介绍的你和你女朋友之间爱情关系的发展变化过程来看，我认为她不值得你爱，因为她并不懂得什么是真正的爱情。'爱情'二字在她的心目中只不过是金钱、地位的代名词。她哪里知道任何财富和地位都无法弥补感情上的空虚。因此，我认为和她吹了是好事，因为在你们之间已没有了存在共同语言和一致的志趣和理想，即使勉强维持关系，或者结婚，也不会得到幸福。拉倒了，你思想上就放下了包袱，卸去了负担。放下包袱，开动机器嘛，嗯?"

"易干事，您放心，相信我能够正确对待这个问题，绝不会因此而影响工作的。"

"对。振作起来，发奋学习，努力工作；人贵有志，人贵有恒；只要我们充分发挥自己的聪明才智，做好工作，相信总归有一天，会有和你情趣相投、理想一致的漂亮姑娘看上你的，啊!"

我苦笑了一下，仍旧缄默无语。

夜色愈来愈浓，来往的行人、车辆也越来越少。皎洁的明月悬挂中天，向一望无尽的柏油马路上撒下一层柔和的银辉。从渤海方向吹来的阵阵凉风，拂去了工作一天的疲劳和心头的郁闷。几声蝉鸣，阵阵啾唱，多么恬静美好的黄昏。

"嗯?"易干事拉了拉我，止住了脚步。

"诺，"他用手指了指公路一旁离我们不远的一棵大槐树。树冠下一对儿依偎在一起的恋人在窃窃私语。皎洁的月光在他们的身上投下斑斑驳驳的光影。不知怎的，我的心头不禁涌出一阵痛楚，是嫉妒? 还是……

　　"朋友，愿你们志同道合、白头到老，做一对儿知音佳偶。"我暗暗地祝福着他们。

　　为不忍心破坏这对恋人的幸福时光，我们选择了尽快离开。冰凉泛辉的道路只留下我们归去的"咔咔"脚步声。

　　回到宿舍，我昏沉的脑袋虽然轻松了许多，但情绪还没有真正稳定下来。等易干事入睡之后，我悄然来到外间，给她写了一封爱情的诀别信——

盼君同志：

　　信写得好不是我的功劳，而是你的辛勤劳作——你的亲笔信。也许我的做法不道德，欠文明，但我甘愿承担社会舆论的谴责。

　　"同学"、"同志"、"尊敬的"、"亲爱的"这样的称呼转变，我并不感到突然，而是早有思想准备。脓疮发展到一定程度是要化脓的。而"一刀两断，分道扬镳"正是这两年来你的来信，或者是你的思想孕育的必然产物——将早已埋在心底的决裂之意变为无情的现实。不过，你还得感谢我，是我给了你一个台阶下。所以，见信后我并不像以前那样不可理解，恰恰相反，往后便可卸却负担全身轻，笑着，跳着生活了。要说不舒服，那就是自己不该给纯朴善良的父母双亲招惹是非，带来不应有的痛苦。我们这场爱情闹剧终于落幕了，到底成了人们茶余饭后的谈资和议论的笑柄。同时，或成为艺术家们研究婚姻爱情难能可贵的素材。我们（不包括你也成）终于成了小丑。这乃是我一生中最大的耻辱与不幸。

　　人类区别于动物的本质除了吃喝拉撒睡，就是人有头脑，善思想，讲道义，有尊严，爱声誉，有理想，有追求，有改造自我、改造世界的能力。否则，何异于……

　　现实惩罚了我，原来我们并不"认识"。难怪不少人将马克思"存在决定意识"的理论移植到爱情婚姻的领域。我鄙视以奴才相在所谓"贵人"面前乞求、献媚。也许，我们起初的爱是真诚的、纯洁的。但现在的存在条件变化了，爱情也需要更新。更新吧，和过去决裂，随着你的意志，去开拓你爱的理想前景。哈哈，忠贞不渝的爱情在哪里？

同学、同志，我们现在又回到真正的同学、同志关系了。嘀嗒嘀嗒嘀（电报通讯用语中的完结符号），我们之间的爱情消失了。

友谊，无产阶级的深厚友谊。你不是说我们之间还存在这种友谊，并且希望这种友谊永存吗？我真怀疑这可怜巴巴的友谊。再见吧，"友谊"。我不愿再想到它，现在我所想到的是：

生命诚可贵，

爱情价更高；

为求纯真故，

善自珍重好。

同学：黄锲

1976 年 7 月 21 日夜半时

李太白斗酒诗百篇，我也是激愤诗兴来。临了还修改了意大利著名诗人裴多菲诗一首赠她。

……

1976 年 7 月 27 日，蓝光闪过之后，京津唐三地区人民遭受了天大的灾难。电信中断，警笛嘶鸣，千里哀嚎。天灾地祸袭来，抢险救灾高于一切。

别了，我们的"爱情"。

1976 年 8 月 12 日下午，因为探亲，我和张景茂终于回到了阔别四年之久、魂牵梦绕的故乡。

刚跨进家门，我还没来得及喊娘，母亲已扑上去抱着我哭了起来，"锲儿，你可回来了。天津、唐山地震，听说有的整个村子都陷到地底下了。家里一连给你打了三封电报都没个回音，可把娘急死了，吃不下饭，睡不稳觉。一合眼就做噩梦，梦见你……嗐，不说那些不吉利话了。"

"哪能啊，儿的命大，这不囫囫囵囵地回来了吗。"

"如果你真有个三长两短，娘也不活了。董庄的学妞不是去唐山没回来吗？"

我回来了。父慈子孝，兄友弟恭，我又沉浸于家庭的幸福温暖之中。

晚饭后，一家人围着我，一边吃西瓜，一边谈这儿谈那儿，好不热闹！谈自己家里的情况、村里的变化，谁家的儿子娶了媳妇，谁家的孩子又当兵了，等等。虽然都是些琐琐碎碎的陈年旧事，但听起来却蛮有味道，对我都是新闻。比如当我问起晚饭前怎么没看见隔壁王三奶奶时，母亲告诉我老人家已在去年冬天过世。我深为失去这位善良忠厚的老人感到悲切、惋惜。

自然，他们问的最多的还是与部队和地震有关的事情，我都如实相告，尽量满足他们的要求。

"哥，你开过飞机吗？打咱村上头飞过吗？为啥不扔下一封信给我们？"正在上小学二年级的小玲瞪着水灵灵的大眼睛问我。

"哥没开过飞机。"我说。

"当空军为啥不开飞机？你骗人。大娘只要听到飞机响，总是跑到院子里望着天空发呆。"

母亲无声地笑了。

"嗯，哥哥哪敢骗妹妹。到空军部队当兵不一定都开飞机，还有不少给开飞机的服务的。比如修飞机呀，给飞加油呀，指挥飞机呀，还有打飞机的呀，多着呢。"

"为啥打自己的飞机？"

"不是打自己的飞机，是打敌人的飞机——敌机。你没看过电影里打敌机的高射炮兵吗？不少也是空军部队的呀。"

"那你是干啥的？"

"这是军事秘密。"

妹妹要撒娇，母亲制止了她："小玲听话，不要总缠着哥哥，说正经的。"

为避免家里人烦恼，整个晚上的闲谈，我始终没谈及自己的婚事。父母似乎也体察到我的心情，也始终没有问及。

要休息了，母亲一个人来到为我准备的原本属于我的单间。她终于憋不住了："锁儿，你和盼君的事到底咋个样啦？"

是啊，儿女婚事娘挂心哪。

"吹了。"我淡淡地回了一句。

"到底怨谁？"

"一句话很难说清。娘，天不早了，您快去休息吧，明天再说好吧，啊？"

"可她说怨你。前些时候你给她打过信？"我娘说着，眼眶涌出了哀伤的泪水。

"都怨儿子不孝。"看到娘的泪水，我的心也有些凄然。

"你现在已是二十五六的大人了，这事订不住，娘放心不下呀。我看她人还好，说话和气，知情达理，人也俊，你还想啥呀？虽说她娘不配好药，可她不是说，她都顶住了吗？"

"那是以前。现在她也变了。这会儿咱家这个笼子已装不下她了，她想攀高枝。"

"这么说，她不念前情了？"

"对。娘，你知道陈世美为啥不要秦香莲吗？那是因为他皇榜高中做了官。假如他落榜回家，会不要秦香莲？"

"这么说，她上了大学也翻脸不认人啦？"

"……"没有吱声。

"可她为啥总说你不中？"

"怎么，她最近来过？"

"几天前放暑假，来咱家坐一会儿就走了，走时有些闷闷不乐，像是有啥心事。"

"噢……我给她的诀别信是否写得有些过了？她竟然还到家来……"我心里顿生矛盾，甚至有点自责，是否我太莽撞了？我想。

我们母子二人都陷入了长时间的沉默。良久，母亲说，"好也罢，歹也罢，总不能就这样不清不楚耗着吧。趁着她现在在家，你这两天干脆跑一趟，面对面总比在信里说方便，让她说个利索话。"说完，母亲站起身，心事重重地为我掩上门走了出去。

俗话说，"困不择床"。然而，千里迢迢归来的我，来到自己的家，回到亲人身边，竟久久未能入睡。我想了很多……

第二天，我起床时已9点。饭后，我没有按母亲的要求急于见高盼君，而是骑着自行车按先远后近，花了整整一天时间，才把给几位战友捎带的东西逐一送到家里。当我拖着疲惫的身体回来，已是傍晚时分。

母命不可违。

第二天，当我骑车赶往县城的途中突遇一阵暴雨。真是"八月的天，后娘脸"。浑身上下被雨水浇得落汤鸡似的，母亲备好的糕点和我带的一条"恒大"牌香烟也被淋得一塌糊涂。因是乡间黏土路，别说骑行，就是推着走也是一步三滑，就这样，推一阵，扛一阵。泥泞、疲劳、怨恨吞噬着我。透过时密时疏的雨帘，我仰望着茫茫苍天，凄惨的泪水和着冰凉的雨水流过脸颊，又顺着脖颈流到了胸口。爱情，你何以对我这般无情？你本身不是美好温馨的吗？可为什么在我面前如此狰狞暴虐呢？啊！我为什么这样不幸？

望着一望无尽的泥浆路和那雨雾茫茫的天地，我仿佛成了荒原上一只迷路的羔羊。双脚沉重得像灌了铅块，抬不起，拉不动。"难道我会倒毙在这凄风苦雨的泥路上吗？"我甚至想到了死。……

人痛苦，路难行。剩下不到三公里的路程足足走了两个多小时。这是我爱情旅途中最为艰难而又不堪回首的历程。如此狼狈相怎好进高家大门。

雨停了。等我来到已在县交通局工作的同学郝志鹏的住处时已近下午两点钟。当他看到我时，几乎惊呆了。湿透了的军衣紧紧地贴在身上，一双锃亮的皮鞋成了泥靴。

"好狼狈哟，为啥要选这样的鬼天气？快收拾一下，洗一洗，换换衣服，吃完饭再说。"郝志鹏边说边急忙从衣柜里取衣服，边催爱人张兰忙活饭菜。

"真不好意思，给你们添麻烦了。简单点，一碗面条就行。"我说。

"见外了不是？谁叫咱们是老同学啦？"郝志鹏嗔怪道。

我一个人边吃饭边把我和高盼君之间的关系变化简要地向他们述说了个大概，"真无聊，让老同学取笑啦。"我说。

"哪里话，说不定你这次来会感动上帝呢好事多磨，别灰心。"郝志鹏安慰道。

下午4时左右，我顺便在街上买了两个大西瓜放在自行车后架上，来到高盼君的家——学后街路北靠中间的独户庭院：坐北朝南四间红砖蓝瓦正房，还有稍矮一些的两间西屋，可能是厨房。西屋南头有一口手压水井；院内三四棵硕大的泡桐树冠遮盖了大半个院子，显得格外清净、阴凉。

树荫下，高盼君正坐在藤椅上埋头看书。听见我蹬自行车支架的声响，她侧过脸来。

"咦，黄锲，你啥时候回来了？你咋找到我们家啦？"

"它知道。"我指指嘴巴。

她拿着书站起身，苦笑着看看我。

此时，我才注意到她的装束：雪白的的确良衬衫，深蓝色弹力尼裤子，脚上一双咖啡色半高跟皮鞋；腕上带着当时最为流行的上海快摆春雷坤表。而我戴的是离队时易干事借给我的弧形面的"老广州"，说是途中好掌握时间。至于思想上有无"摆阔"的念头，我说不清楚。反正不少战友探亲时都是这样做的。当兵四年，月津贴才10元钱，除了零用哪还有钱买手表？

都说女大十八变，越变越好看。她比以前显得更加成熟、自信、美丽了。

"她现在已不属于我了。"我竟闪过一丝嫉妒情绪来，"轻率的爱情就像美酒迷人心。"我想。

"还愣站着干啥？快屋里坐。"她忙拉我往屋里走。

"娘——"

听到女儿呼唤，高盼君的母亲——一位五十多岁、身穿短袖衫、灰白齐耳短发的老妇人从里间走了出来。

"噢，你就是小君常说的黄锲吧？"

"是我，伯母。"

"那你先坐啊。"说着，她像竞走运动员似的一摇三晃地向西屋走去。估计是提开水去了。

我在正间八仙桌旁的一只藤椅上坐着，高盼君在靠近西山墙的竹床边上坐着，手里不停地翻动着一本书，表情深沉、忧郁，长时间无语。

78

"看的啥书?"我先开口打开这令人窒息的沉闷气氛。

"哦,"她将封面朝向我:《中医方剂学临床手册》。她的这一举动,使我联想起高中同学时的那天晚上,在教室里看书时令人难忘的情景:"黄锲,看的啥书?"

"《钢铁是怎样炼成的》。"

"你呢?"

她将封面正对着我。

"噢,《马克思传》。"

然而,她那时的动作是轻捷的,眼含笑,面含情。而今,她的动作是迟缓的、不情愿的,眼神呆滞而抑郁。过去的已成为历史,它将留作心底的记忆。现实是冷酷、沮丧的,场面尴尬至极。

"老娘啊,事情已到这步田地,您还让我来干什么?"我开始在心里埋怨起母亲。

"还要为几本书千恩万谢吗?那就看你今天如何兑现了。"

"……"她无声一笑作罢,继续翻书。

"盼君,我喜欢直来直去,当面鼓对面锣。是该敞开思想说话的时候了。你认为,是否可以将我们过去几年的交往看作是一场误会?"

"……"

"难道我们就这样不清不楚地收场吗?"

"那你打算咋办?"她抬起了头。

"成也好,不成总该有不成的理由吧?'你的信写的何等好啊。'难道就因为我那封不恰当、欠理智的超重信,就一刀两断、分道扬镳吗?"

"谁说是因为那封信了?"

接着,她叙说了她之所以写那封决裂信的原委。她同样经历了像我收到她的来信和退还照片时的那种难堪场面。她说她的同学说我那样的沟通方式太不理智，甚至有点缺德，根本不懂什么叫爱情，和这样的人谈恋爱还有什么意思。她恼了，才和我一刀两断。

"我承认，在谈情说爱方面我是弱智。那么说仅仅是为了这些吗？"

"其实，信一发出，我就感到对不起你，有些后悔。"

"这么说，你原谅我了？是否打算收回你的决定？"我追问了一句。

"我想了……"她欲言又止。

"我也是一时冲动，在万不得已的情况下才那样做的。意在提醒你三思而后断，巴望着通过斗争，得到你真正的爱，并无其他恶意。"我也学会了刁钻。

她细腻柔润的面颊倏地颤动了一下，然后又心事重重地埋下头，右手拨弄起左手。

"你还想继续保持我们的友谊吗？"我没敢说出"爱情"二字。

"……"她缄口无语。

我明白了。对于我的那封超重信，除了方式上的不妥（可我认为除此别无妙法）外，她提不出任何理由。因为内容都是她的亲笔信。所以仅以此作为和我决裂的理由，显然是站不住脚的。任何狡辩都是多余的，或许她早已不爱我了，何必再费口舌。自己希望"破镜重圆"的想法是何等的愚蠢。

"说句难听的话，尽管我寄信的方法欠妥，不过头脑还不至于过分糊涂。你变了，特别是你上大学之后，你在一天天从我们爱情的峰巅上下滑。现在我已不再是你心中所追求的理想人物，我已失去你爱的价值，只不过你说不出口罢了。现在已无需再躲躲闪闪的了。强摘的瓜不甜，硬拧在一起的婚姻是不会幸福的。"

我再也抑制不住自己的感情。她似乎也从我的眼神里洞察出我胸中翻涌的怨愤。

"不不不，我从心底一直……"

"一直爱着我？"

"可以这样理解吧。"

"这么说，我曲解、冤枉你了？"我点上一支"大前门"等着她的反应。

"可，可是……俺母亲死难缠，再加上平时精神就有些不正常。她说和你成了她就去死……好孬是自己的母亲，难道能真的不要娘吗？俺父亲偏偏又去省里学习了，月底才能回来。如果他在，说句话也好啊。可现在，遇到这么个糊涂娘……谁能为我做主啊……"说到这儿，她竟抽泣起来。

她的哭并未激起我丝毫悲悯之心。反而怀疑她的哭不是假惺惺的，便是如马季相声中说的"高兴得直哭"。此时，在她的头脑中出现的或许是另一张年轻、潇洒、帅气的异性身影。因为，之前曾有在县城工作同学告诉我，有人将高盼君介绍给了地委宋书记的公子。是真是假，我不敢妄加判断。

命运似鬼蜮，专与人作对。可笑，可悲，令人沮丧，令人失望。高盼君攀高枝的说法几分钟后便不期然地得到了印证。

她的母亲没有提开水，竟空手而归。想必是有意避开，好给我们让出个谈话的私密空间。

"小君哪，天不早了，你到街上去一趟，买一些好吃的来。"

"伯母，不必麻烦了。"我依然是恭敬的。

"你先坐。"高盼君遵照母亲的吩咐从屋里推出自行车挂上提篮出去了。或许她现在出去是对的。她跳出了这令人窘迫难耐的境地。

　　"黄锁呀，虽说我们是头一回见面，不过呢，常听小君给俺说，你学习好，心眼好，为人忠厚，工作上进，特别是对她的帮助就更大了。这不，"说着便拉开抽屉，"小君说，这么多书都是你给她邮的。没有你的支持，她就学不这么快，这么好哇。……"

　　"这提不到话上。就是别人，这个忙我一样会帮。"我说。

　　"是啊，是啊，应该也好，不应该也罢，你的好心我们一辈子都在心里划着道道咧。说真咧，大娘从心里蛮喜欢你，满心想成全你们的婚事。可没曾想到，偏偏地委宋书记非要和君她爸处亲家，两年前就说定了，以前我还蒙在鼓里。这个老东西！俺明明知道，这样做对不起你，伤你的心，要坏良心的。嗐，有啥办法？人家是地委书记，刀把子在人家手里攥着。人家一翻脸，咱得罪不起呀。再说，现在正抓这个帮那个派的，弄不好给连上了，哭天抹泪。你大伯是一家的顶梁柱，倒不得呀。黄锁呀，你是受过队伍上锻炼教育的人，有觉悟，想得开，也得体谅大娘的难处不是？为我们想一想啊。……"

　　听到这里，我在心里不禁好笑：卑劣的灵魂，廉价的交易。因而，我不无嘲讽地说，"婚姻自由嘛，这点风格我还是有的，放心，绝不会为难你们的。"

　　"对对对，婚姻自由好，她堂姐在东北上大学时也谈了一个。处了五六年，眼看要结婚了，不知因为啥又散伙了。虽说吹了，见面还和亲兄妹一样，亲着咧。"

　　"呸，曲解，对婚姻自由的肆意歪曲，坑人一生。"我心里谴责道。

　　"俗话说，'以恩报德。'我和小君早就说过，你要是从部队回来以后，想安排工作，找着你大伯还不是一句话。"

　　正在这时，高盼君采买回来了。她的母亲看看她继续说，"小君还对我说，将来黄锲结婚时，一定给他送一份厚礼，表表心意。就凭你这才德人品，不愁找个高中生、大学生。郎才女貌嘛。"

听着她这一阵胡诌八扯，我厌恶极了。顿时，一股无名之火燃上心头，再也控制不住自己的情绪。

"你们要还债？金钱的债务容易偿还，特别是你们。可是，良心、道义上的债务你们还得清吗？我不是叫花子，不需要什么施舍。"

我自感言辞过于激烈，有失分寸。他们完全始料未及，高盼君十分窘迫地站立着，两眼怔怔地盯着我一言不发。

"有啥意见你们两个说吧。"她母亲扎上围裙，说完一头扎进了厨房。

好一场双簧戏！又是一阵令人窒息的沉默。……

"祝贺你找了位称心如意的郎君！"

"请你不要这样糟蹋人好不好？"她很不耐烦。

"我这是善意的祝福。"

"胡扯！即使和你拉倒，大学不毕业我绝不会再找这个麻烦。"

"麻烦？你母亲亲口对我说他是地委宋书记的公子。"

"她说是她的事，我不知道。"

"可她说两年前订了的。"

"我不同意。"

"为什么？"

"……"

"难道你不要娘了？"

"……"

事已至此，还费什么口舌？说她是搞三角恋爱？管她嫁给谁呢，反正这已不关自己的事了。婚姻自由。我已不需要什么同情。

何况爱情不等于同情。

　　"有信纸吗?"

　　"要信纸干什么?"

　　"还是老毛病,时间宝贵呀。现在没事了,利用这点时间给领导写几句话。"

　　她拿来了信纸、信封和邮票。

　　"还这么周到啊,难道这就是'友谊'?"

　　"……"

　　我像战地记者一样将自己的婚姻大事简要地向易干事做了汇报(他一直很关心),并且夹带了三角钱让他代缴八月份的党费(早缴晚缴都不行,这是党的纪律规定)。

　　"我们两个的这场游戏该结束了吧?"信写好后我问她。

　　"……"

　　"还等你父亲?"

　　"这是唯一的办法。"她的声音低沉而嘶哑。

　　纯属搪塞。

　　"再有几天我就要归队了,我等不及。"

　　废话,还等什么?没必要了。话刚脱口,我就恨起自己。

　　此时,我真想背诵两句新看到的歌词:"变了心的姑娘喂……野草已长满了路……人即忘情变了心。""我的女儿不能嫁给你,你没有钱来,又没有地位,女儿手巧长得美……我要她嫁有钱子弟。"

　　我没有这样做。这是道义上的犯罪,为理性所不容。

　　饭做好了。家乡特有的大馒头,豆角炒肉,松花蛋,猪杂碎,凉拌黄瓜,烧鸡,牛肉,炸鲜虾等摆满了一桌。看到眼前这些佳肴,我顿感胃部不适,一阵上翻。哪怕吃上一口也会倒出来。哪里还有心吃饭?我决计不识抬举,不予赏脸。趁她们母女俩再去厨房的机会，我推上自行车，"谢谢你们的美意，不打扰了。"

"哎呀，你看，你这孩子……站住，吃点再走。"

她的母亲闻声跑出厨房。等她赶上拽着我的自行车后架时，我已出了她们的家门。

拉拉扯扯好不热闹。一群围观的男女窃窃私语着，议论着，可能在揣摩：这是演的哪出啊？高盼君呆若木鸡似的倚在门口，双唇紧咬，两眼噙着泪花。

……

"嘀嘀！咔哧！"

随着汽车喇叭和刹车声响，一辆北京吉普车戛然停在了门口。我转身望去，从车上下来一位头发花白、面皮蜡黄、五十多岁、中等身材的老头。

"爸，你咋回来了？不是到月底才回来吗？"高盼君急忙迎上去接过父亲的公文包。

"防汛、抢险任务压倒一切。这是省委布置的首要任务，一切服从防汛、抢险……这位是？……"这时他才发现我的存在。

"噢，他就是黄锲。"高盼君慌忙介绍说。

"伯父，您好！"我往前跨了一步。

"怎么要走？"

"是，他非要回去。"高盼君回应说。

"那哪能成啊，快回屋。既然来了，吃过饭再回去嘛。咱们头一回见面，好坐在一起聊聊。"

"好。"我想起高盼君此前说过的"要是我父亲在就好了"的话。

爱情"稻草"来了，是真是假，看个究竟也好。于是，我跟着他们重又回到他们家，坐到摆满菜肴的八仙桌旁，双手扶膝，呆呆地坐着，一言不发。

盼君爸草草洗了把脸，在我对面的藤椅上坐下，"来，先喝杯茶，正宗'西湖龙井'。"

"谢谢。大伯，您抽烟。"我从衣兜里掏出来时在大街上花五毛钱买的上海"大前门"，递给他一支，并给他点上。一看他左手食指和中指间焦黄焦黄的颜色，就知道是一位老烟民。

"好好好，坐下，坐下，喝茶。"

他叼着烟，呷了一口茶水，若有所思地仰靠在椅背上，一团烟雾打着旋儿腾然升起，又在洁白的天花板下蔓延开去。接下来便是一番漫无边际的高谈阔论。什么阶级斗争啊，无产阶级专政下的继续革命啦，限制资产积极法权啦，等等。我在一旁漫不经心地敷衍着。无聊之极。

"爸，吃饭吧，饭菜都凉了。"高盼君催促了一句。

"好好好，吃饭。"说着，他斟上两杯"尖庄"大曲酒。

"对不起，我不会喝酒。"

"也好，那我就不勉强了，我自己喝。你吃菜，千万不要客气。"

"好。"我拿起筷子夹了块牛肉，放到嘴里竟像嚼棉花团一样，没有任何味道。难道这就是所谓的"食不甘味"吗？

"大伯，您好酒量。"我一边给面前这位未来的"老丈人"斟着酒，一边奉承了一句。

"好酒量谈不上，就是二三两的量。"说着，他狠抽了一口烟，吐出的烟雾呛得我满眼泪花。

何止三两酒量，眼看半斤酒已经下肚，他已显得微醉。借助酒兴，又海阔天空般胡诌起来，什么"批林批孔"，什么"反击右倾翻案风"，什么批宋江，批周公，反招安，等等。唯有我和他女儿的事避而不提。"真是老谋深算的老江湖。"我心里暗暗嘲讽道。醉翁之意，故意装蒜。

高盼君在茶壶里添了添水，然后回到了内屋。

"你……你不喝酒……多，多吃点。"

"不客气。"我哪里有心吃饭，气都气饱了。

"你到这儿来，是，是不是还有别的事？吃，吃过饭，休息一会，晚上我还要主持县革委扩……扩大会议，布置防汛工作。"

送客？我可不是来占你一顿饭的便宜，不能这样轻易让你走掉。现在是一锤定音的时候，即使是一锤敲破铜锣，也要敲击一下。

"不错，是有事。大伯，我和盼君处朋友已快五年了，各自的年龄也不小了，是继续处下去，还是到此为止，全靠您老人家给拿个主意。"我只有开门见山。

"不不不，主……主意谈不上，婚姻自主嘛！作为大人只是参……参谋参谋。即使拿主意也是为……为你们好，为你们的前……前途负责呀。说句堂皇话，青年时期是人生中精力最……最充沛的时……时光，应把自己的聪明才智用……用到工作、学习上，要……有所创造，有所进步。进一步说，应把坚定的正确的政治理想放在第一位。"

说到这儿，他似乎清醒了许多，俨然成了一位牧师。我只好洗耳恭听。

"啊，喝……喝多了，不好意思啊。就拿你……你们俩来说吧，小君正在大学读书，你也正在部队服役，年龄都不大，不过才二十一二岁嘛。应该把全部精力放在求学上进上。因此，我……我认为现在谈个人问题得不偿失、蹉跎年华。可话又说回来了，婚姻恋爱是每一个青年人都要面临的实际问题，回避不得，是吧？不过，我始终认为早而无益。至于你们俩的事，我，我不反对，但我认为现在订婚不妥，不如等三五年以后再订。啊?"

"据说您不是要和地委宋书记结亲家了吗?"

"没有的事，净是谣传。"他竟矢口否认。"小君大学不毕业休想再谈恋爱。"似要一锤定音。

"您对我们工作和学习关心备至，自然无可厚非。不过，有一点应该给您讲清楚。我们俩三年前，说得具体一点，从 1974 年 5 月份就确立了关系，您也是同意的，并且也给我写过信，提过要求。这，恐怕大伯不会忘记吧? 不错，青年人过早地谈恋爱，如处理不好，是会影响学习和进步。可是，具体到我们俩的关系而言，我一直认为，仅以盼君上大学，我在当兵为由，认为继续保持关系不妥，以此来否定过去的一切，从道理上是讲不通的。假如她没上大学，还在农村当小学代理教师或下乡种地的话，按照您的意思，我们之间是否还有继续保持恋爱关系的必要和可能呢? 如果真是这样，我很难想像得出，在我们之间会发生这样的事。我一直相信，倘若没有别的什么原因影响我们之间关系的话，既然确定了关系，各自应信守诺言，真诚相处，互相关心，相互鞭策勉励，不仅不会影响各自的工作、学习、进步，相反，它会成为激励我们积极进取的精神动力。心心相印，志同道合，携手并进，比翼双飞，做出非凡成绩的知音佳偶，古今中外比比皆是。从某种意义上讲，他们各自事业上的成就，往往离不开对方的爱护和支持。心领神会，相濡以沫，在个人前进的旅途中都有另一个紧密相伴的知己。"

听了我这泛泛的议论，他哑然了，酒也醒了。

一阵难熬的沉默过后，他仍坚持说"你的话不无道理。不过，我仍坚持我的观点：现在考虑此事不合适"。

他已开始搪塞。

"大伯，"我强忍胸中的气愤，"看来我们很难谈到一块。我心里早已清楚，结束我和盼君之间的恋爱关系，已不可挽回。因为，您以上讲的道理具体到我们身上是不成立的，婚姻恋爱的基础是相互间的绝对信赖、理解和尊重，是理想的一致。然而，这一切在我们之间已不存在了，所以已无继续保持这种关系的必要。否则，对谁都是不幸福的，只有痛苦。这样才真要影响各自的学习、工作和进步。亡羊补牢，犹未为晚。我不能乞求这样的不幸。两年来此事对我精神上的折磨已经够我承受了。"

我喝了两口茶水稍停了一会儿继续说："说句出格的话，我虽已是二十三四岁的人了，但在人情世事方面还没有过细心的观察、研究，因而在人与人之间关系的认知上是一个白痴。太看重感情，把信誉看得太神圣了。我确实不会审时度势，随自身客观条件的变化来设计、处理与己有关的事物，特别是我和盼君之间的事情。"

我再也控制不住自己的感情。

他也忍不住了。正燃着的半支香烟被他捻得粉碎，"不，小黄你误会了，我们没有丝毫看不起你的意思。你聪明好学，上进心强，是一个有志气、有抱负的好青年。"

"可我没有地位，入伍四年多仍然是两个口袋的大头兵。"

"这是你的自卑。"

"不，您错了。我并不像其他人那样，因自己是普通一兵而感到自卑、低人一等。"

"对，不论为官为民，都是革命的需要，没有高低贵贱之分。只要有为人民服务的思想都是好的。我不同意你们现在谈个人问题也不是因为你没有提干。强调双方家庭地位、经济条件、门当户对是旧的一套。你看，"他从身后的条案上拿起一本《红旗》杂志，指着张春桥写的《论对资产阶级的全面专政》，"现在不是正在全面开展对资产阶级的全面专政、限制资产阶级法权吗?"

我扬了扬手,不屑一顾地回敬道:"对,在部队已看过多遍了。不过,令人痛心的是,在我们共产党内和国家机关工作人员中间的一些人,免疫力极强,惯于耍两面三刀、阳奉阴违。一边大喊限制资产阶级法权,一边却不遗余力地干着扩大资产阶级法权的勾当。真应了姚文元'资产阶级法权是臭豆腐,闻起来很臭,吃起来很香'那句话。"

我真想问他:"你不是要限制资产阶级法权吗?那么你的女儿是怎么被推荐上的大学?你的儿媳妇是怎样进的组织部?你的那些亲戚又怎样被安排工作的?呸,伪君子,戴着红帽子藏着黑心肝的家伙!既然要限制资产阶级法权,你何不让他们统统回老家做'缩小三大差别'的模范去?"

我没有给他难堪。

口舌之争还有什么意思呢?又是无言、尴尬、令人窒息的沉默。

雨又下起来了。我右手托着下巴,望着淅淅沥沥的雨丝,痛苦地思索着。房檐下滴嗒滴嗒的雨水似乎都打中了我的心坎,凄凉而惆怅。

"嘀嘀——"随着汽车马达的轰响,一辆北京吉普车竟然开进了院子。

"对不起,失陪了。有啥意见以后再说吧。"

没等司机打开车门,他便夹着公文包钻进车内,简直像要逃避一场瘟疫。

"你不要考虑过多。"高盼君从里间出来,低沉而又有点凄惨地说,似有几分悲悯。面容有些憔悴。

"不。现在我心里明镜似的,再说什么都是多余的。"我答道。

"真对不起。"

"怎么，你对我怀有同情？那么，你的心里是否还像过去那样天上人间永相随呢？"

"……"

"依你看，在我们之间出现的裂痕是否还有可以缝合的灵丹妙方呢？"

"……"

"没有了。在我们之间出现的这条裂逢已成为不可愈合的疮口，成为不易逾越的鸿沟。爱已成为过去。表面的同情和怜悯对无知的孩童是有益的。难道你也相信以此就能慰藉我长时受苦的心？你自己绝不会相信的。"

"……"她默然地沉思着。

"我认为，在爱情生活中，没有比把自己的诚挚的心奉献给一个对自己并不真诚的人更可悲、可怕的了。如果她本来就是那种朝秦暮楚的人，那么尽早与这种蒙蔽和捉弄分手则是天大的好事；留恋这种恋情则是对自己感情的玷污。"

她依旧缄口不语。

"我猜想，此时你的心里也不平静。你很自尊，看重人的声誉，是吧？你宁肯受到自我良心上的谴责，也不愿付出舆论上的牺牲。然而，你想错了。我并不想难为你，甘愿一人承担舆论上的谴责：'黄锲不是东西，背信弃义，将一个堂堂的大学生甩掉了。'尽管这样有些荒谬，然而也只有这荒谬的结论方能结束这持续了四五年的闹剧。这倒让我想起不少古装滑稽戏中的小丑，惯于插科打诨，混淆视听。然而，一场大戏往往便是在这小丑打诨、胡诌、台下的轰笑声里拉下了帷幕。也许，我便是此类的小丑。而你则是健全的胜利者。可悲呀，自是人生长恨水长东。"

她吃惊地盯着我，面色苍白。嘴唇搐动了一下，像是想说点什么，但始终没有开口。

"我们不能再这样无端地浪费时光了，这样比自杀还难受。打消你的顾虑吧。"说着，我从随身带的提包里取出用塑料薄膜包裹、用红绒线扎着的一捆书信，"给，完璧归赵。我知道这是你最忌讳担心的事情。担心我会以此为把柄败坏你的名声。不会的，你的这些担心都是多余的。我决不会卑劣到如此程度。不过，临了我有一言相告，希望你闲暇无事时，重温一下你几年来给我的一切书信，回味一下我们交往几年来你思想变化的心路历程。想一想人生的价值是什么？良心的价值是什么？爱情的真谛又在哪里？你的表妹苗苗不是说我'癞蛤蟆想吃天鹅肉'吗？尽情地飞吧！吃不了你的。"

这是我唯一一次面对面对她的最大"侮辱"。说着，不禁两行热泪潸然而下。这是懊悔、羞辱的泪水。自我酿成的苦果自己吞。

骂又有什么用呢?! 我认为对于失恋的任何一方，借以污秽言辞发泄自己的怨愤，都是对"文明"二字的践踏。

几十封来信（或叫情书）——曾经使她激动、失眠、幸福、痛苦，代表着她真实思想感情的，美的、丑的、甜的、苦的心灵记录，被她付之一炬。

火光在跳动，灰屑在飞舞。她像完成了一项重大使命，不禁长长一声嘘叹，散了架儿似的瘫坐在椅子上，深深地埋下头。

呜呼！我们的爱情连同多年的"友谊"，顷刻之间随之化为灰烬，永久地消失了，变成虚无缥缈的梦。

临近傍晚，一阵风起，一阵电闪雷鸣过后，肆虐的暴雨再次倾泻而至。难道这就是古人所说的"朝来寒雨晚来风"吗？

"再见了，朋友。再见了，同学。"

我情不禁地抹了一把苦涩的泪水，艰难而有力的向她呼别。痛楚的心禁不住一阵颤栗。

暴雨啊，来得再猛烈些吧，快洗却我心头的痛苦和耻辱。我要清醒。

顾不了那么多了，我匆忙卷了卷裤脚，跨上自行车，一头扎进茫茫雨雾之中。……

1976 年 8 月 14 日。这一天是我初恋的爱情悲剧最为刻骨铭心的时刻。我想，永难愈合的心灵创伤可能要伴我走到生命的尽头。

十三

读到这里，高岩像害了一场大病。痛苦、恐惧、恼恨在撕咬着她的心。她木然地靠在沙发上，嘴唇苍白，面容憔悴，青春靓丽的光环好像已彻底隐去。精神上的刺激，使她感到脑袋麻木而沉重，似乎脖颈已失去对头颅的支撑能力。

"爱情给人以快乐和力量。"她想起王锲过去给她来信中的一句话。

啊，那已经是过去的事情了。的确，过去每当收到他的来信时，心里是何等的轻松、愉悦呀，她感到有精神依托，好像他就伴在你的左右，给你安慰，给你力量。那时，王锲的信常常使她激动失眠。然而，她并不觉疲倦。她憧憬，她惬意。她感到这失眠也是爱的享受。可是，现在却不同了，连夜的失眠给她带来了绵绵的痛苦。像铅块，像砝码一样，一次比一次更沉重地压向她悲凉的心，压得她透不过气来。似睡非睡时，她常常恍惚觉得王锲正站在她面前，蓬头垢面，发疯般嘲弄她，咒骂她。所以，很少的睡眠也往往为一场噩梦所惊醒。她曾梦见过一只老虎追逐她，撕咬她，使她痛不欲生。太可怕了。现在唯一的精神依托——杨明华，还能保住吗？她担心他会被什么怪物掠了去。

"啊，爱情原本不是想像中的那般美好。难怪黄锶在小说中称它是"放荡不羁的怪物，难以驾驭的野马"。

现在，她才真正体会到爱情的难以驾驭。"他能原谅我吗？"她想。

尽管《初恋的颤音》中有些情节与她无关，但她已断定，小说完全是以她与王锶为原型写成的。要不然，他黄锶何以知道她和地委钟书记二公子的那短暂交集呢？纵使他加入了一些属于与己无关的杜撰，但小说中的几封信（他们之间的情书）几乎是照抄来的。"我给他的信，不是让我烧掉了吗？也许是我们的初恋在他心中的烙印太深了，他早已背下来了，何况他本来就记忆力过人。他将他们之间的爱与恨、甜与苦，还有自己满腔激情都倾注在了笔端。"想到这里，她用力拍了一下脑门，"难道这就是所谓的'报应'吗？能怪他吗？也许我的灵魂是丑陋的，理应受到谴责。我是造成他心灵创伤的罪魁祸首。我将自己的幸福建立在他的精神痛苦之上。"

现在，王锶在她的心目中既是善良的，同时又是残酷无情的狂人。他不像别的小伙子那样，爱时爱得发狂，一旦分手恶言相向，秽语满口。他是理智的。不过，她也深切地感到，王锶不仅在奋力与命运抗争，而且在思想意识上，在伦理道德上，正在和她进行着默默地较量。

她想起了这样一件事：1979 年第 10 期《中国青年》杂志发表了一篇《他为什么会变心》的通讯。记叙了一位男青年因为考上名牌大学而背弃了过去自认为有幸高攀上的一位俊美善良的农家姑娘的爱情悲剧。这篇通讯发表后，在社会上引起强烈反响。于是千百万有正义感的青年男女纷纷投书报端，展开批评讨论，抒发感想。

令她做梦也没有想到的是，他王锲也在此列，还在 S 省的青年杂志上登了文章。在文章里他不仅以满腔义愤抨击了那位喜新厌旧、毁他人青春、负恩忘义陈世美式的大学生的不道德行为，而且还联系他切身的恋爱经历，对"爱情更新"、"存在决定爱的取舍"等谬论，进行了辛辣的讽刺。当时，她看到他投书的青年杂志时，都要气晕了，恨不能找他评理，再不然痛骂一场。幸好，同在医院工作的同事并不了解内情，唯有她才知道王锲是何许人也。她不过受到周围一些人盲目、短暂的舆论指责罢了。他们同情那位善良姑娘的不幸，也同情他王锲。当时，不知趣的李淑云曾在她面前，一个劲地晃着杂志大发议论：

"岩姐，我看和这个王锲拆伙的女大学生和那个陈世美式的大学生是一丘之貉，一样的卑鄙。假如让这俩人结婚，那才叫臭味相投，且不至于拆伙了吧？过去，我总认为男人孬的多，想不到女人里头也有这么不是东西的。"

"是啊，男女都有坏的。"高岩佯装镇静地说着，而心里却乱麻一团，嘴唇发抖，满脸的肌肉都收紧了。但她还是勉强打趣道，"但愿你这个调皮鬼能修上一个张生一样的相公。"

"去去去，你才是。"

李淑云和她撒起娇来。她哪有心思和她嬉闹。不过，这次她还是竭力克制了自己的感情，好歹没有显露。只能把苦果悄悄咽到肚里。

尽管如此，她终究未能逃脱舆论对她的谴责。

那年春节回家时，她已了解到不少知情人都知道了这件事，特别是老师和同学，"王锲在青年杂志上揭了高岩（高逢君）的丑。"这使得她一个春节都愁眉苦脸，闷闷不乐，抬不起头来。也正是从这时起，她才真正体会到舆论谴责的厉害和维护个人尊严的重要。

所以，半个月的年假，她只住了六天就返回了医院。

现在，他又以她为原型写了小说，简直让她手足无措，痛心疾首。

"这一切怨谁？怨我绝情还是怨他自私残酷？是借小说宣泄私愤，还是以此警示社会、警醒青年？"她反复思考着这些问题。"我是否应该承担使他心灵痛苦、妨碍他进步、毁其前程的罪责呢？"对此，她既无理由推卸，但也不愿承担全部。

于是，她想起 1980 年春节和高中班主任姚老师的一次长谈——

……

逢君（那时还未改名），你和王锲都是我的学生。说实在的，我一直对他怀有好感，甚至于有点偏爱。认为他忠诚老实，求知欲旺盛，有志气，有理想，有远大抱负，是一个出类拔萃，很有希望的学生。有关你们俩的恋爱过节，以前我是很少品头论足的。我不愿提起这事，以免引起你的不快。

今天既然你找我谈及此事，我也只好谈谈自己未必正确的看法。我认为，你不可再过多地指责他了。你说你承受不了舆论给你精神上带来的压力，可是，你是否想到过你们分手后给他精神上造成的痛苦，以至于影响了他的前途。当然，这也有其他原因。我敢断定，他心灵上的创伤远远超过了你的痛苦。我了解他，他十分注重人格尊严。你们确立恋爱关系是两相情愿的事。他一直对你报以诚心，而你却因为上了大学就离开了他。爱情不是金钱交易，更不是天平上配重的砝码。真正的爱情是忠贞不渝的。凡是了解内情的人，对你的这种做法，绝大多数都持否定态度。

春节前张景茂从部队回来探亲时对我讲："王锲和高逢君之间发生的爱情悲剧太不幸了。假如他们继续好下去，或者根本就没有这档子恋爱尝试的话，就不会出现那么多令人意想不到的后遗症、倒霉事。当兵三要素：工作、学习、上下级关系，这三者他处理得都很好。入伍四五年，年年受奖，还立过一次三等功。被树为全师学雷锋标兵。他在干部战士中间有很高的威信。因而也受到师政委的赞誉，说他是一个涵养有素、工作出色、好学上进的好兵。所以，我们七八个一同入伍的同乡、同学都认为他是最有希望的一个。

　　"1976 年 8 月我们俩一同探亲归队后，他并没有因失恋一蹶不振，影响工作和学习。相反，他比以前对自己要求更严、更高了。我知道他是将失恋的不幸变为推动自己学习和工作的动力。当时，我曾暗自寻思：当地曾有几位当中学教师的女大学生对王锲这个校外辅导员还崇拜得五体投地，她高逢君凭什么就看不起他呢？她并不了解他。她是以势利的眼光在观察社会、处理爱情。

　　"姚老师，凡是了解王锲的人，都把他和高逢君的恋爱看作是一场悲剧。王锲本人也把它视为他人生中的一次失足和终身遗恨。更令他始料未及的是，他失恋的事情，又给他在部队带来那么多麻烦和不幸。真是'屋漏偏遭连阴雨，船迟又遇打头风'啊——

　　"1976 年 9 月初，王锲被原在连队叫回参加震后营建施工。由于施工任务重，他一连两个月没有请过一天假上过一次街。有一天，连长找到他说，'王班长，你已经两个月没有休息了。上午到市里转转，顺便看看你哥哥。'当时他的一个堂哥随山东老家一个建筑队到天津承建楼房，好几次打电话约他进城见面，他因施工紧张一直没抽出时间。这回，他答应了。可是，当他下午骑车返回时，突然感到天旋地转，一头从自行车上栽了下来，险些撞上迎面驶来的公交汽车。部队领导得知消息后，马上派车将他送到空军医院医治。诊断结论是：低血糖，疲劳过度。建议回师部休息治疗。

"随着王锲的病倒，先后又有几个战士泡了病号，眼看营建队伍哗啦了，连长急得直跺脚。然而，就在这时，我们部队又出了一起人命事故。下边一个营的一位雷达技师因经受不了失恋的痛苦，写了绝命书触电自杀了。这一下不但震动了全师，而且惊动了兵种上层领导，迅速派员处理此事。这样一来，免不了部队上下又要紧张一阵。大会小会念通报，上挂下联找问题；针对干部战士进行一次认真的思想排队和改造世界观教育。王锲也被叫回连队参加全体会议。会上，指导员先宣读了师的情况通报，然后结合连队情况进行了讲评：'既然是联系实际嘛，我们大家都要举一反三，对照自己，吸取这一血的沉痛教训。令人担忧的是，在我们通信连也存在着这种思想意识不健康的倾向，经受不了恋爱的挫折，个别同志也陷进了失恋的痛苦之中。这是资产阶级的泥坑，是世界观的问题。这样的同志并没有真正确立无产阶级的恋爱观，好像和一个漂亮姑娘吹了就能神经、气死。没出息。我劝这样的同志很好地对照检查一下自己的思想，做到幡然猛醒。否则，极有可能走向自绝于党和人民的道路。我以上这些话，可能说得有点过激，有失分寸，但这都是善意的，出自对同志们的关心、爱护，绝没有什么个人恩怨。'……

"指导员的讲话一完，便在与会的干部、战士中间引起一阵骚动。大伙心有灵犀似的一齐将目光投向了王锲。他感到这目光如一把利刃直戳脸颊，刺向他的心，使他猝不及防，痛苦难忍，险些再次晕倒。是他神经过敏吗？不，大家都清楚地知道，指导员的话是冲王锲来的。因为全连除王锲和一个漂亮大学生刚刚告吹外别无二人；全连党员除王锲因病休息外，无第二个党员离开过施工现场。

"这突如其来的打击是他万万没有想到的。他真想和指导员当面理论、辩解。不过他最终还是忍了。此时，他才意识到他和指导

98

员之间并不了解，太陌生了。他只是以吃惊的目光望着指导员发呆，始终没有一句话。他愕然了。

"真是无巧不成书啊。有谁会想到他和高逢君分手后，偏偏部队发生了这桩因失恋自杀的事情呢？指导员怎能硬将他的失恋、他的晕倒和这件自杀事件连在了一起呢？

"会后，王锲主动找到指导员，并且将医院诊断证明交给他。

'指导员，您也太不了解我了。别说是一次失恋，就是打一辈子光棍，我也不至于像那个雷达技师那样轻生啊。'

"然而，指导员并没有谅解他。说他不虚心，强词夺理。王锲难受极了。他没有和领导争吵、顶撞，泪却流到了心里。

"'看来指导员对我仍抱有成见。'经过深思熟虑，他悟出了这样的结论。这不是唯心的，他想起被抽调到政治部之前他和指导员之间发生的两件不愉快的事情。事情已过去好长时间了，指导员还在对他耿耿于怀，寻机报复。"

张景茂说到这儿忽然问我："姚老师，你看过鲁迅先生的一篇叫《立论》的杂文吧？鲁迅说，'说谎的得好报，说必然的遭打'。现在，虽说提倡批评与自我批评，言者无罪，闻者足戒，有则改之，无则加勉。可实际上怎么样？真能做到的少得可怜。不少人有批评他人的雅趣，却缺乏自我批评的美德。这些人往往把别人善意的批评看作是对自己恶意的攻击和诽谤；将别人虚伪的奉承当成是对自己的尊重。我们的指导员正是这样一个人。身为高干子弟的他，孤傲清高，刚愎自用，听不得任何不同意见。常言道：识时务者为俊杰。然而，他在和指导员关系的处理上却出现了失误。为了自己的进步，他完全可以睁只眼闭只眼跟着大家往前走。因为过去指导员对他并不错。各人自扫门前雪嘛！然而，他不干。他说，'违心地去恭维别人、巴结别人是一种耻辱'。近两年由于连队领导缺乏耐心细致的政治思想工作，导致上下关系紧张。有位江西弋阳籍的麻姓战友在他部下当兵已五年，作为指导员竟误认为该战友是湖南益阳的。他王锲存不住气时，总要在支委会上提些自己的看法。那时军委倡导发扬传统，党支部建在连上，班、排长任支部书记，连首长只是支部的普通一员。用王锲自己的话说，党员活动人人平等，各抒己见很正常。何况他们之间并没私怨。为工作，出于公心，指导员会接受意见的。于是他便在一次党员活动会上，以支委的名义对指导员不善于做深入细致的政治思想工作和一位老同志因中农成分无限期延长入党考验时间提出了质疑。但令人遗憾的是，其结果适得其反。指导员竟说他是目无领导、爱挑刺的刺猬。从此，他们在感情上拉开了距离。"

"好在营建施工结束后，他又回到了政治部，从事他的通讯报道和校外辅导工作。不过这一沉重的精神包袱他一直没有放下。他曾对我说，'做人，做好人，做好兵真难哪；维护一个人、一个领导更难。'

"1976年春节前夕，宣传科易干事调军区从事专业通讯报道工作之后，政治部主任告诉王锲，决定让他过完春节去军区新闻业务培训班学习半年时间。领导的这一决定使他喜出望外，这个春节过得十分愉快，我还帮他提前拆洗了被褥。他庆幸自己终于有了更好的学习机会。我们也暗自替他高兴。

"令他万万没有想到的是，当有关领导征求连指导员意见时，指导员说啥也不同意。他没说'卡'他。理由是现在不是补新退老的时候，春训任务重，他需要回来领导通讯班的训练。后来，几位领导讲情都无济于事，只好换了另外一名战士去北京学习。

"革命战士是块砖，哪里需要哪里搬。搬去盖楼顶得住，用作茅厕不抱怨。就这样，王锲按照党的需要又被搬了回去。

"当时，我曾劝他说，'韩信能忍受胯下之辱，你就不能为了个人的前途找指导员违心地认个错？'他说'我何错之有？我不能违背自己的良心，他认为，趋炎敷势、阿谀奉承是做人的耻辱。拿破仑说'不想当将军的兵不是好士兵'。其实，有才华有前途的好兵都有棱角，他们敢说、敢骂、敢笑、敢哭、光明磊落、诤言无忌。这样就容易得罪人，引起一些人的妒忌。所以，一旦这些将来有可能成为元帅、将军的苗苗，被那些宁用庸才不用人才的上司扼杀掉了，像踩死一只蚂蚁那样简单。世界上的伯乐愈来愈少了。'

"一个月以后，一批新鲜血液补充到了部队。王锲和另外几名老兵被告知到退伍战士学习班学习。他没有讨价还价的理由，只有无条件服从。我知道，那时是王锲的心情最为失落无助的时候。真可谓天不佑人哪。部队也不都是真空一块，鲜花背后同样隐藏着稗草。他的想法太天真了，太幼稚了。或许，他看鲁迅的书太多了，看问题太尖锐、太较真，缺少大丈夫能屈能伸的灵活性，致使他疾恶如仇，宁牺牲自己的前途，也决不委曲求全。

"一连好几天，他吃饭很少。没有像其他战友那样忙于到街上改衣服、买东西，而是抓紧有限的时间找同志们谈心，到他几年来兼任校外辅导员的几所中小学，找师生们话别。他谢绝了师生们捐集的钱款、礼物，特意托人在北京买了两百多张毛主席、周总理的生平照片，根据自己掌握、熟悉的学生们的不同特点和爱好，有选择地一人赠送一张。还同师生们共同种了纪念树。把普通一兵的热切希望留给了校园，留给了师生。

"离队的头天晚上，连队准备了丰盛的美味佳肴、糖果、糕点招待他们几个即将离队的老兵。指导员将剥好的糖果送到王锲手中，'王班长请吃糖。'

"他默默地点点头，苦笑了一下，将糖果放到了桌子上，心情十分沉重。部队和学校还有他未竟的事业，他很依恋这份工作。他极其缓慢地抬起手撕下鲜红的领章，取下了帽上的五星，小心翼翼地用手帕包好。面部表情非常严肃，几滴苦涩的泪珠溅落在他的衣襟。他极力平复了一下情绪，把目光投向指导员。

"'指导员，明天我们就要离队了，有什么意见和要求尽管提出来，好让我们回去以后慢慢改正？'

"指导员竟然连一条意见、一个要求都没提。只说这也好，那也好，一切都好。他说他很舍不得他走，可补新退老年年有，这是政策，是党的需要。最后撂了一句'希望不久的将来能在《人民日报》上看到你的大作'。王锲苦笑了一下，没有接茬。

"王锲等指导员说完，颇为动情地说道，'作为一名即将离队的老兵，此时我的心里很不平静。回顾自己几年来的成长进步，应感谢组织、感谢同志们。……新同志到了，老兵走后，你们就是老兵了。愿你们努力工作，勤奋学习，团结得象一个人一样，求大同存小异，心往一处想，想工作，想共同进步。同时，也请连首长能真正把同志们当作亲兄弟一样对待。因为，同志们离开家乡，离开亲人，你们就是他们的亲人了。领导就是战士的精神依托和知心人啊。我们服役这几年，正是四人帮作孽最为严重的几年，部队深受其害。现在四害清除了，部队又迎来了明媚的春天。遗憾的是，我们的部队生涯已将结束，要去寻新的岗位了。

"'我认为，当兵是战士，脱下军装也应是战士。只要是战士，无论命运把我们推向何处，我们都必须选取适合自己的进取方向。岗位有别，理想和追求的目标是一致的，那就是创造人生应有的价值。相信殊途定同归。为社会，为人民，为自己，积极进取永不懈怠，才无愧于自己的一生。'"

……

"他是 1977 年 3 月 21 日晚离开部队的。

"当我和连队几位代表送他到火车站时，动人的场面令我惊呆了。王锲也没有想到会有那么多师生深夜前来送行。他兼任辅导的几所中小学校的师生代表都来了，黑压压一片。不少中小学生噙着泪花，喊着'王叔叔'，让他签名留念，献上一束束鲜花，塞给一袋袋水果、点心和香烟。他也激动地留下了眼泪。

"'收下吧。现在我们已不是军民关系了，你已是老百姓了，这是大家伙的一片心意。'

"在一位中学刘校长的恳求下，他再也不便推辞，不好意思地接受了，他为在场的所有人深深地鞠了一躬，两行热泪潸然而下。见此情景，我也被感动得流出了泪水。接着一位女红领巾大队长为他戴上了一条崭新的红领巾。王锲再一次深深鞠躬，'谢谢大家，谢谢老师和同学们，我不会忘记你们的……'他有些哽咽地环视了一下四周。

"'王锲同志，希望你能继续担任我们校的编外辅导员，以书信保持经常沟通。'那位校长动情地握着王锲的手久久不愿分开。

"王锲十分严肃、郑重地点了点头。

"眼看上车的时间就要到了，只见两位二十四五岁的漂亮姑娘一前一后快步来到王锲面前，送上一条当时最流行的银灰色的确良西裤和一对绣花枕套、一对淡蓝色荷花枕巾。后来才知道，这是一中学初三年级两位班主任老师。高一点的叫穆佳，矮一点的叫谷蓝。

"从她们俩回转着泪花的眼睛里，可以看出她们对他的敬慕和依恋之情。

"没曾想到，这件事也成了指导员后来宣扬王锲的口实，'怎么样，归根到底还是思想意志不健康、不坚定，还是红着进去，黑着

103

出来了吧？'

　　"这可真冤枉了他们，他们之间存在的纯属同志之间的纯洁的阶级感情和友谊。后来，王锲在和我的通信中还十分内疚地对我说，'她们对我一片深情厚意，竟没有吃过我一个苹果、一块糖。就连单独邀我吃饭我也不敢答应，因为她们是女同志。要走了，唯一的一次相约吃涮锅还是拽上来自山西临汾的战友刘英一起去的。'他怕别人说三道四。

　　"由于他不断出去作校外辅导工作，他有很多接触女性教师的机会，但没敢想过爱情。前车之鉴不可小视。他始终坚守着'当兵不能在当地谈情说爱'的红线，一心想的只是代表部队完成好校外辅导任务。不过，他确实婉拒过一中学校长建议在市里给他介绍一位中学女教师的美意。

　　"他把部队的荣誉和个人的荣辱看得比什么都金贵。

　　"晚十点多钟，直达济南的列车徐徐启动了。王锲载着荣誉，带着深深地不易愈合的心灵创伤，离开了生活了五年之久的战斗集体和怀有深情的滨海之城。

　　"在我们一起入伍的同乡战友中，他是付出最多的一位，特别是工作与精神上的付出。他得到的却太少了，失去了应有的精神慰藉。

　　"姚老师，我说这些，难道唤不起师生们对他的一丝同情吗？"
　　……

　　"逢君啊，像这样的好青年，在人生的道路上遭受到如此沉重的打击，难道你就真的一点也不同情？命运对他太不公平了，甚至有些残酷。他背着沉重的精神包袱退伍还乡就够他受的了。谁成想，他到家之后，家庭又接连发生不幸。他父亲病故后，母亲又患了白内障眼疾；弟弟妹妹未成家，沉重的家庭负担都落在了他一个人肩上，还有那难以释怀的精神重负。这一切都压得他喘不过气来。有一次我见到他重提个人婚姻问题时，他痛苦地摇摇头对我说：'嘻，泥菩萨过河，自身难保啊。无暇顾及。'

"我说：'如果处理得好，你精神上会得到些安慰，生活上也有所依托呀。'"

"他却说，'现实无情，本来神圣的婚姻变成了赤裸裸的名与利的交易。可谓：领章一戴，相亲相爱；退伍回村，马上不跟。您想，谁还甘愿和我受这份洋罪。再说，我也不想再连累别人。'"

"'你也不能把问题看得太绝对化了。在这个问题上切不可一朝被蛇咬，十年怕井绳啊。'我劝他说。

"'也许您的话是对的。不过即使再找，也要找一个老实忠厚、能吃苦、不怕累的农村姑娘，文化高低无所谓，只要她和咱一心一意过日子，不再嫌弃男的无能就得了。'

"因此，当有人登门为他提亲时，他母亲只好按儿子的嘱咐搪塞，'锁儿的婚事已经订过了。'人走了，善良的母亲只能暗自落泪。

"可是，他万没想到，在他极其困苦无助的时候，刚从师大毕业的吴梦兰突然闯进了他的生活。你可知道，在学校临近毕业时她曾想追他，确切地说已经暗自喜欢上王锁了。因为你抢先一步先和王锁处了朋友，她只有把对他的爱埋在了心底，让失恋的痛苦留给了自己。

"大学毕业安排工作以后，她不仅在经济上慷慨解囊，而且用自己真诚的爱去温暖他伤残而冰凉的心。使他重新鼓起了生活的勇气，重新燃起了对未来、对人生的坚定信念。实事求是讲，吴梦兰在校时的学习成绩也是公认的前几名。对王锁她不会看走眼，她相信他的潜质。所以，从某种意义上说，假如没有吴梦兰和他的结合，很难想像王锲会有今天这个进步。前不久王锲曾对我说：'姚老师，我之所以能有今天，一是靠政策，二是靠自己。靠政策，沾了梦兰是大学生、高中教师的光，给我安排了工作；靠自己，是在劳动之余，在承受着沉重的家庭负担的情况下，刻苦自学，以自己的毅力和汗水赢得了社会的认可。'

"人贵有志，人贵有恒。他没有听任命运的摆布，坚信最大限度地发挥自己的主观努力，就一定会改变客观现实。他做到了。他并且承认，他的成功与进步与吴梦兰密不可分。她是他的坚定支持者。他发表的每一篇新闻通讯，乃至于每一篇杂文、小说，都有吴梦兰的一份功劳。"

姚老师稍微停顿了一下，看看对面双手托着下巴一声不吭的她，十分严肃地说："今天我一下说了这么多使你不快的话，你不会介意吧？我总认为，师生、朋友之间，是万不可以彼此心理的好恶来互相恭维附和的。我理解你此时的心情，你同样忍受着失恋痛苦。然而你的失恋和他却有着截然的不同。"

……

这天晚上，她从姚老师那儿出来，已是11点多钟了。躺在床上，辗转反侧，心情极不平静。她半闭着眼睛反复思考着姚老师给她所讲的一切。

她没有抱怨老师讲话不计分寸甚至不留情面，她想的最多的依然是王锲。是啊，老师批评得对。她和王锲解除婚约之后，王锲所遭受的那么多不幸，她从不问津，更谈不上同情。甚至于对他的退伍还出现过幸灾乐祸的念头。纵然稍有良心谴责不过一瞬即逝。因为，她从来不认为"良心"是个值钱的东西。否则，为什么总有人昧着"良心"去做那"良心谴责一时，可得幸福一世"的缺德事呢？她也曾极为荒唐地认为"他退伍务农，倒比提干或回来找上正式工作对自己有利，因为，甩掉一个老农不后悔，甩掉了一个军官或有了正经职业的国家干部，就觉得脸上无光。别人会说你吹得不值，有眼无珠"。

不过，后来当她得知王锲和吴梦兰结婚，并且当年生了个胖儿子，还被安排到县委宣传部工作，时常在电台、报刊发表些文章和文艺作品时，竟然又嫉妒起他们。"如果这一切——乖巧的儿子，全县出了名的秀才，这一切要是属于我该多好。这可都是女人值得炫耀的资本哪。然而，现在这一切都属于她吴梦兰的了，她受到了社会的尊重。而自己则无颜面见'江东'，无颜见老师及同窗，成了别人戏弄、指责的小丑。难道这就是人们常说的善有善报，恶有恶报吗？"

想到这儿，王锲在某青年杂志上发表的对那篇《他为什么会变心？》评论文章中的一段话又在她耳际回响："我们青年一代的爱情应该是圣洁美好的。可悲的是，这位高等学府的高材生却因为上了大学，背弃了他过去自认为有幸高攀、对他帮助很大的善良的农村姑娘。因而在婚姻、爱情的取舍方面，编造了一个'存在决定爱情意识'的谬论。这纯属对爱情、婚姻，对人类精神文明的玷污，他在步陈世美的后尘。"

"恋爱和婚配本不是以双方的金钱地位为交换条件的。……比如，我和我现在的爱人的结合：她虽是一位堂堂的文科大学毕业生、重点高中的教师，却丝毫不嫌弃我这个退伍回乡拿锄把子的泥腿子。现在，我靠国家政策的照顾和自己的不懈努力有了正式工作，赢得了荣誉，可我们依然是平等的。在我们各自的心目中，她还是原来的她，我还是原来的我。纯真的爱是忠贞不渝的，是心心相印的，是金钱、利禄难以替代的。今天，我们是幸福的，将来同样是幸福的。我为有这样一位知音佳偶感到十分自豪！"

想到这儿，她陷入苦苦的思索之中。

……

十四

她也曾有过失恋的痛苦。

和王锲分手之后，她果然攀上了地委钟书记的二公子钟国庆，成了众人瞩目的人物。身价的提高，曾一度使她感到风光无限。她沉浸在自我陶醉的幸福里。过去的已经过去，她和王锲之间所发生的一切似乎已灰飞烟灭，成为久远的历史。她只有向前看，重新编织美好的未来。

然而，可惜的是，天不遂人愿。她高兴的时日太有限了。

1979 年 10 月，她的父亲因在十年动乱期间上蹿下跳，搞不正之风，被冠以"四人帮余孽"的罪名，被革去党内外一切职务。这突如其来的变故，对于他们全家而言，无异于晴天霹雳，猝不及防。所谓的顶梁柱倒下了，全家失去了最为有力的依靠，谁还看得起他们呢？

在她父亲被免去一切职务之后的几天里她像没魂似的，食不甘味、夜不成寐。哪里还有复习功课迎接毕业考试的心思？

"完了，彻底完了。"她喃喃地想到，"和钟国庆的关系还能保持吗？他父亲可还是地委一把手啊。"

绝望中，她心头闪现着这唯一的希冀之光。于是，她向系主任请了病假，登上了开往 T 城的列车。

……

柔和的灯光下，钟国庆从长沙发的一头向她靠近了一下，掏出手绢为她拭泪。"好了，宝贝儿，别再哭了。事既如此，哭有啥用。自古以来，宦海沉浮，今天栽下去，明天翻上来，后天呢？……也许今天是暂时的。留得青山在，不愁没柴烧。三年河东，三年河西。失去了，相信还有得来的一天。我爸不是还在那稳稳站着嘛，量他们也不敢把我们怎么着。"

说着，钟国庆用右臂使劲挽住她的脖颈："小岩，请放心，我对你的爱决不会因为你爸的去职而有半点动摇，一定会与你同甘共苦的。等你一毕业咱们就结婚怎么样，啊？"随之，抱着她便是发疯一般的一阵狂吻。她浑身酥软得像散了架儿，顺从地躺了下去……

这一半的忧虑打消了。她相信女人的相貌对于男人的魔力，更相信漂亮女人的眼泪必能唤起情人的爱怜之心。何况，她还有大学生的资本。

现在，她有了可以信赖的精神依托。她要从连日苦闷、忧愁的漩涡中走出。一阵狂热过后，她再一次紧紧地依偎在钟国庆的胸前，甜甜地闭上了眼睛。眼角上残存的泪花闪着晶莹的光亮……

"站起来！"

忽然，她听到一声棒喝，"啊"地一声惊坐起来。几位公安、检察人员正用闪着寒光的枪口对着他们，她吓瘫了。原以为是场噩梦，但这是真实的。

当她定定神，用惶恐的眼睛环顾四周时，发现自己仍在现实中。钟国庆独居的两居室房间，墙上嘀嗒嘀嗒的挂钟正好指向 24 点整。

"钟国庆：经查证落实，你涉嫌参与 1975 年 9 月 5 日打砸鲁州饭店，致人伤亡案件。依照《中华人民共和国刑法》第四章第一百三十七条和第五章第一百四十条之规定，现予以逮捕。"

还没等她从晕头转向的状态中清醒过来，钟国庆已被"咔、咔"带上手铐带了出去。

这突如其来的打击使她感到空前绝望，整个人似坠入了万丈深渊，精神上濒于崩溃的边缘。

"还待在这儿干什么？"她理了理凌乱的头发，收拾好随身用品，迈着踉跄的脚步离开了这梦断的地方。学校是不能再去了，她想起了牵肠挂肚的老娘。

当她走出公寓大门，隐约听到头顶天空中一阵沉闷的轰鸣声。几道闪电、几声炸雷过后，由小到大的雨水便不期而至。

已经没有回头路了。她急忙取出雨伞，借着昏暗的路灯光亮，蹚着深一脚浅一脚的水洼，踉踉跄跄、艰难地向火车站赶去。像孤魂，似幽灵。

……

终于到家了。此时已是黎明时分。下车后她是如何走回家的？刚进门和母亲说了些什么？她都记不清了。只知道母亲厮守了她一整天，母女俩梦呓般地整整哭诉了一天。她像患疟疾发高烧的病人一样，天旋地转、腾云驾雾似的折腾了一天。眼泡红肿，两眼布满了血丝。

现在，唯一的精神寄托失去了。美好的希冀随之化为泡影，最终消失了。她没料到现实是如此残酷。现实的变化竟然和她的父亲、他们的家庭、她的婚姻有着致命的联系。

她决计尽快离开这个地方。

第二天上午，在赶往火车站的路上——

"妈妈，妈妈……"

她循声望去，近前一位二十七八岁高个子男人怀抱着的一个两岁左右的小男孩，正挣扎着向前面一位脚步轻盈、气质脱俗、穿着入时的青年妇女伸手呼唤。

"啊，那不是王锲吗？"高逢君顿感一阵眩晕，忙用左手捂了一下眉头。

"好，儿子乖。别嚷，来，妈妈抱。"

定睛看时，前面弓身接孩子的正是吴梦兰。她显然也发现了她。

吴梦兰和王锲心有灵犀似的交换了一下眼神，便带着有些窘迫却十分礼貌的神情主动迎上前去：

"逢君，你好！你这是……"

"哦……回省城，赶火车。"她不好意思地立住脚步，面无表情地敷衍了一句，便痛苦而难堪地回转身，怀着凄楚、嫉妒的复杂心情向他们道了声"再见"，随着人流向车站方向走去。脚步沉重而紊乱。

"别了，故乡；别了，母亲；别了，爱情。再见了，生我养我的土地，给我制造痛苦的地方。她不再留恋故土，至少不会像过去那样有空就来。或许一年，或许两年，或者把父母亲接到省城永不回还。让人们从此忘掉她，她认为再来就是丢人现眼。她更不希望再看到王锲、吴梦兰的影子，正如不希望人们再见到她一样。"

想到此，止不住的泪水再次模糊了她的视线。

……

十五

按照她的意愿，毕业分配时，她被分配到省人民医院工作。

转眼一年过去，个人婚姻问题仍没着落。她怕人们提起她的终身大事，但又不能回避这一现实。虽说发生在她和王锲、钟国庆之间的一切均已成为不堪回首的往事，但至今余痛未消。她是不甘下风、争强好胜的女人。特别是在择偶标准上，他的地位，他的相貌，必须要超过王锲，不然，将在人前说不上嘴，遭他人戏弄，说她挑来挑去落个不值。在这个问题上，一定要和王锲见个高下。可是，每当一接触实际，就使她毛骨悚然，如坠五里雾中，辨不出东西南北。高不成，低不就。近年来干部子弟犯罪率提高，即或有好的，怎敢再碰？同时，她也不愿受寄人篱下之苦；要谈一般工人，自尊心又使她不肯。

"爱情不是玩笑，更不是市场上采买的交易。"她想到。"是啊，属于我的白马王子在哪里呀？"

正当她为自己的终身大事一筹莫展的时候，远在云南当兵的哥哥给她来了一封劝慰信——"小妹，婚姻大事不能急于求成。强摘的瓜不甜，拼凑和的婚姻是痛苦的。你何苦要自找烦恼，自找苦吃，自己折磨自己呢？要耐心等待，相信总会遇到你中意的那个人的。只是时机未到而已。国庆节快要到了，你需要利用这段时间，很好地调理一下精神，长此以往会垮下去的。我给你联系好了，一放假就到北京刘振国、张雅琴那儿去，好好散散心，疗养疗养身心。听哥的话。你现在不是已经改名高岩了吗？心情不能那么脆弱，面对困惑、逆境要学会坚强，要经受得起任何磨难与打击，尽快从失恋的阴影中走出来。这样才无愧于你现在的新名——高岩。"……

是啊，是该换换环境，好好调理一下情绪了。经院领导批准，她再次登上了开往北京的特快列车。……

10月1日的北京天高气爽。湛蓝的晴空下时有一缕淡淡的浮云掠过，宛若天女撒下的轻柔细软的白纱。街头整洁，彩旗飘舞，人流在道旁浓荫下、在宏大宽敞的天安门广场攒动着；各大公园百花竞妍，姹紫嫣红，散发出阵阵沁人心脾的芳香；丰富多彩的文艺活动，更给游园的人们增添了节日的喜庆气氛。

身临其境，高逢君顿觉心头豁然开朗，积蓄已久的烦恼与晦气似乎已被这金秋凉爽的风吹得烟消云散。

"雅琴姐,生活、工作在北京太幸福了。"高岩感慨地说道。

"是啊,要不北京还是全国人民向往的地方?"张雅琴笑着回答。

"嘻,别说缩小城乡差别,就是大小城市间的差别永远也缩小不了。逛过北京再看我们那地方,简直成了乡旮旯。"

"维维,快跟上。"

张雅琴招呼一声儿子,拉上他的手,陪高岩从中山公园门前穿过车流,向游人如织的天安门广场走去。

广场上,一对对情侣,一对对年轻夫妇带着孩子,三五成群或男女老幼一家,都在根据自己的兴趣自由拍照。

高岩看看照相摊点排队等待拍照的长龙,有点惋惜地说:"如果自己带架相机该多好。"

"别急,上午先就近转转,下午你振国哥忙完公事让你照个够。"

"好。"高岩点点头,便贴着广场西边的马路,跟着张雅琴向大会堂方向走去。

"哎,明华。"当他们快要走到大会堂门前小广场时,张雅琴朝迎面走来的一位提着照相机的年轻军人迎了上去。

"嫂子您好!"年轻军人应道,随即快步上前轻轻抚摸了几下维维的头。

"杨叔叔好!"维维张开双臂抱住了年轻军人的双腿。

"维维好!维维真乖。"说着,年轻军人已将维维揽入怀中。

明眼人一看便知他们不是一般的熟人。

"来,我给介绍一下,逢君,不,高岩,我老公同学的妹妹,在 S 省人民医院工作,昨天刚到;这位是小杨,杨明华,在部队文

113

化宣传部门搞文艺工作。他姐姐杨兰和我同事。"

"你好!"杨明华热情地伸出手来。

"你好!"高岩礼貌地向对方点点头,伸出了右手。

不知怎么了,当她触到杨明华那有力而光滑的大手的刹那间,一种莫名其妙的感觉骤然出现在心头,脸也有些灼热。

"明华,你们放没放假?"张雅琴问。

"放了。上午自由活动,下午我值班。"

"那……上午是会女朋友,还是……"

"嫂子,您真会开玩笑,早着呢。我是随便转转,看看有没有值得收集的素材。"

"哦,你这是在深入生活,摄取创作灵感哪。你来得正好,那就劳驾给远方来的美女拍个照吧?"

"好啊。尽管吩咐。"

"高岩快过来呀。"

"高同志,想照什么样的相啊?比如说你乐意选取什么样的背景?采取什么样的姿势?"

"嗯,一听就知道你是内行。怎么拍,听你的。"

"那好。既然你不常来北京,那就拍一张有纪念意义的。"

杨明华带他们来到前门西边用铁栏杆围着的塔松、花坛,"你左手扶着西南角的栏杆。这样我照时,再适当拉开点距离,人的图像虽小了点,可整个天安门广场的景物基本上都在画面中了。"

她按他的吩咐站好了位置。

"姿势、表情越自然越好。对,稍微仰一点头,面部表情放松一些,不要太严肃。"

正当杨明华准备再次发出纠正口令的时候,职业的敏感使他在取景框里发现,她的思绪飞了,正在痴痴地凝视着他,啊,是一双深邃、美丽的眼睛。此时，一种特异的信息传向他的神经中枢，使他心头为之一颤。他意识到这是女人对于男性倾慕、青睐的眼神。但他立刻恢复了镇静。

心灵的窗口正对着镜头。"咔嚓"，他拍下了这珍贵的一瞬。没有做作，内外感情的自然流露。这是一双热望而妩媚的双眼。

对于高岩的这一微妙的感情流露，张雅琴也察觉到了，直夸照得真好。

快门响过，杨明华用手接住随着轻微的嚓嚓声掉下的相纸，又从上面撕去一层乳胶状的薄膜，相纸上很快显现出层次分明的彩色图案。

"啊，真神乎，头一次见。青松、花朵、蓝天、白云、宽阔的广场、纪念碑、纪念堂一角、天安门城楼、鲜红的国旗、人海、车流，好极了。我简直是在画中游了。"

高岩将彩色照片拿到手中，惊喜万分。

"这是从日本进口的柯尼卡 FS—1 型相机。自动调节光圈、焦距、快速彩色显像。"张雅琴像做商业广告似的解释着。

"太棒了。谢谢你，谢谢你！欢迎到……嗯？……"

谢谢是对的，还欢迎什么呀？"欢迎有空到家里来玩？"这是她心里话，"我的家在千里之外呀。你看我今天是怎么了？竟然说出这种混账话来，多难堪哪！"她在心里埋怨自己好没出息。

想到这儿，她为自己的一时失态窘得无地自容。

"对不起……你看我，不好意思……谢谢你呀！"她一时激动得语无伦次。

他们说着聊着，又在别处照了很多张照片。当和杨明华分手时，她握着杨明华的大手，微微颤抖着，舍不得松开。两眼深情地望着他，"多么英俊帅气的年轻小伙呀。"她心里说道。

当一对俊男靓女的异性目光如此交织在一起时，杨明华的表情也出现了旁人不易觉察的异样变化。他马上抽回了手。

"再见!"

"再见!"

他走了。

高岩望着杨明华远去的背影，呆呆地站立着，沉默着。像几年前那天晚上站在西单路口目送王锶乘车归队时的心情一样，怅然若有所失。

然而，这一切都被细心的张雅琴看在了眼里。

午饭时，看到端着饭碗还在发愣的高岩，柔声问道，"动心啦? 你喜欢上他了?"

"嗯……谁呀?" 她如梦初醒。

"杨明华呀。"

"不，这怎么可能呢? 雅琴姐，您看我今天怎么了? ……" 说到这儿，她感到脸上火辣辣的。

"你不要瞒我。我理解你此时的心情。千里姻缘一线牵，青年男女一见钟情的事常有发生。相逢何必曾相识? 你没看过刘心武的小说《爱情的位置》吗? 爱情往往就产生在偶然的相遇之时。你如果真的喜欢他，明天我就去为你们穿针引线，当一回红娘怎样? 我想，他已经见过你了，他也一定不会放过这天赐良缘的。我看你们两个论自然条件和地位再般配不过了。说不定他此时也在想着你呢。"

高岩的脸又红了，一直红到了耳根。

高岩微微点了点头，算是默许，然后便缓缓搅动了筷子。

十六

10月2日上午的颐和园，到处游人如织，天气似乎比昨天更加清爽、柔和。8点刚过，杨明华已在大门口等着她了。她下了公交车，一眼就发现了他。

"真庆幸，能在北京见到你。"杨明华快步迎上去，握着高岩的手说。

"我也是。"她说。

"难道说这就是人们常说的'千里姻缘来相会，有情人终成眷属'吗？"

"也许是吧。"高岩跟随着杨明华边走边聊，顺着昆明湖东岸向南走去。

"我这个人哪，以前很少考虑过个人的婚姻、爱情，可今天……哎，今天我真有点相信起'宿命论'来呢。"

她听后嫣然一笑。

"高岩，过去谈过男朋友吗？"

"……"她轻轻地摇了摇头。

"为什么呢？"

"我总认为，过早地谈恋爱是件十分庸俗的事情。青年人正是求职上进的时候，应该珍惜青春时光，把充沛的精力倾注于事业上。没有负担，没有忧虑，没有痛苦，孑然一人全身轻。白纸一张才好画出美丽的人生画卷呀。你是搞文艺的，肯定看过郁达夫的小说《迟桂花》。"

杨明华点点头。

"虽然作者说小说中的人物都是虚拟的。不过，我很爱小说中的迟桂花。牡丹花开得早，开在万花姹紫嫣红时，虽香气别具一格，但凋谢得也快；迟桂花则不同，由于开得晚，才有味，日子经得也常久。我们为什么非要像其他青年那样，青春方至，就发疯似的恋爱、结婚呢？我们就不能改变一下这陋习？做一束迟开的桂花吗？"

"对。没想到你也酷爱文学？"

"酷爱谈不上，只是闲来无事聊以解闷。我有一种偏见，总认为小说不过是作家的凭空编造。大多道理不通，靠不住。不过，有些富于哲理的话还是有参考和借鉴意义的。"

对于高岩的议论，杨明华表示了未置可否的缄默。

他们从昆明湖东岸柳荫下的石凳上起身，向知春亭西边的小岛走去。在这里邀别人为他们拍下了那张最为中意的合影。

也正是从这一天开始，她从失恋的痛苦中走了出来。

几天之后，她和杨明华依依惜别，带着无限的幸福与喜悦，登上了南下的列车。

"过去的一切不幸和痛苦将被这隆隆的车轮轧得粉碎，变为遥远的、遥远的过去。"

她躺在卧铺车厢里这样诅咒着昨天，并且规划着自己诱人的明天。她可以回去安安心心地上班，快快乐乐地生活了。她重又获得了爱的新生，燃起了对于未来的无限希冀。

"轰隆，轰隆……"车轮有节奏地碾压着钢轨，这声响伴随着车厢轻微地摇动，组成了一首和谐的催眠曲，把她带入了美好的梦乡……

十七

……

自从收到杨明华的那封来信到现在五天了。五天来，她一直心神不宁。整天一个人闷在屋里，胡思乱想。才五天时间，她已经判若两人。没想到一封来信、一部小说竟会给她带来那么多痛苦。原本细腻的总荡漾着活力的一张脸，一下子变得苍白、憔悴。一双明若秋水般的眼睛好似刚刚从精神病院走出、大病初愈的女人的眼睛那样——呆滞而忧伤。

由于遭受连日的失眠和精神痛苦的折磨，她的中枢神经由过分的亢奋状态，逐渐变为麻木。她今天晚上确确实实睡了个好觉，并且做了个好梦：她和杨明华结婚了，婚礼热闹非凡。送走了闹房取乐的青年男女，她含着满眼灼热的泪水，扑向杨明华温暖的怀抱，沉醉在新婚良宵的幸福之中……

当她一觉醒来，拉开里层绛紫色帷幔，透过洁白并织有翠竹图案的窗帘射进来的本不强的阳光，刺得她的双眼眯成了一条线。她知道，这是在房内关得太久的缘故。她抬腕看表，已经是上午8点多钟。

"造孽呀。"她自言自语地说道。

人是铁，饭是钢。她想吃点东西，但当她从橱柜里取出牙酥，只吃了一块就再也咽不下去了。

她百无聊赖地在这沉寂的空间里徘徊着，思索着。

现在，再看她的席梦思、大衣柜、写字台、沙发、落地灯、收录机等，已经提不起丝毫的兴趣，只能引起她的烦恼。窗台下几天前还盛开的两盆紫玫瑰、月季花，由于几天不曾浇水打理，已显得干瘪枯萎。她想，这样才好呢，否则就与她此时的心绪太不协调了。

她不愿再看到它们。

赏心的音乐不听了，还摆着它干啥？她厌恶地将写字台上的收录机提起，锁进了衣柜。她感觉这样心里会略微轻松干净些。

"去，你也去。"她又揭去了李淑云特意为她编织的带有红绿鸳鸯的茶具盖布，团在一起塞进了抽屉。

"咚咚咚！岩姐。"

听到敲门声和呼唤声，她打开房门，见是李淑云，便有气无力地说，"快进来，有事？"

"不知道现在给你合不合适，是收发室老魏刚给我的。"

李淑云说话的表情极为柔弱。说完把一封信放到茶几上，怯生生地看了高岩一眼，便知趣地悄然而去。

聪明善良的姑娘，此时也对她怀着深深的同情。

信啊，信，曾为她带来过无尽的欢欣和无尽的痛苦，稍有的愉悦都让痛苦的魔爪抓走了。今天这封信是苦是甜，是悲是喜呢？现在，任何信件对她已失去了诱惑，甚至近乎恐惧。她冷静下来，屏住呼吸，像抽签卜卦，凶吉祸福总要试试、抽抽看。

这便是她接到李淑云送来信件之后的心境。

啊，收信人地址是流利的小草，"高岩"二字仍是她几年前就熟悉的圆润、遒劲的隶书，那时她还叫高逢君。是他。再往下看，寄信地址竟是 S 省文联招待所。

"莫非他已调来省城？"

高岩怀着忐忑的心情缓缓撕开了来信——

逢君同学，不，高岩同学：

你好！前天到此。不知怎么搞的，每迈一步都感到从未有过的沉重。复杂的心情颇有"独在异乡为异客"的感觉。按常理论，来到老同学门下本应登门拜访。我们早已不是幼稚的青年，我们都已走向社会，有了各自的家庭和事业。相别已久的邂逅当推心置腹地重叙友情。何况，还有"一辈同学三辈亲"旧说。遗憾的是，现实不允许我这样做。因为，你已刚刚建立起自己的幸福家庭。你是该有自己幸福家庭的时候了。我何尝不理解你的苦衷。由于过去的不幸给你精神上造成的痛苦，应该得到补偿了。所以，贸然打扰于心不忍，我不愿打扰你们平静的生活。

从在这儿工作的同学、朋友那里得知，你医术造诣颇深，人皆赞誉。我为有这样的同学、旧友感到由衷的自豪。

可能是晚上在朋友处多喝了两杯酒，或是别的什么原因，精神一直处于兴奋状态，夜深仍不能寐。总以为我们过去像做了场噩梦，以至于被命运的激流推到这"异境"。假如过去绝无那荒唐的探索，也许我今天也不致到此。

好不容易闭上眼睛，真正的噩梦便如洪水决堤般出现在眼前：山崩地裂，浊浪排空，自恃无力，便跌入了一条深渊……一觉惊醒，自己不禁好笑。大概这便是人们常说的"日有所思，夜有所梦"吧？拉灯看表，时仅四点。再想睡一会已无倦意，无奈只好就此起床。

深秋的黎明之夜是清爽宜人的。人们赞美黎明，是为了得到更美的明天。

是啊，我们都应该从制造噩梦的漫漫黑夜中走出。让那不堪回首的往事，随着日月星辰的交替、推移死去吧。我们都需要崭新的明天。

天亮了。

祝新婚幸福！

王锶
1981 年 10 月 2 日晨

又一次感情上的突袭。信中虽没有刺人的字句，但确实够她心里翻腾一阵的了。"他的话是无可非议的。看来他已经开始原谅她了。没有疾恶如仇的情绪，他是豁达理智的人。"她想。

"杀人不过头点地。自己为他制造了那么多的不幸，可我从未对他表示过丝毫的歉意。不管他到这儿干什么，我必须走一趟，以同学、朋友的身份，说声对不起，求得他真正的宽恕。是时候了。因为，他已有了称心如意的家庭，是该冰释前嫌了。"她的良知在复苏。

翌日清晨，她一早起来，洗过脸略施粉黛，像往常一样站在大衣柜穿衣镜前对着自己端详起来。银灰色克洛丁西装，雪白的尖领衬衫，散发着扑鼻清香的秀发……此时，她自我感觉还好。心情平静了许多。

"我今天是怎么了？为什么要刻意打扮一番才行？"她说不清。

爱美之心人皆有之。要不，许多人到公众场合总爱穿上自己认为中意的衣服呢。她本爱美，美也是一种自我享受。

几天不出医院大门了。晨光多美呀。金灿灿的朝霞撒在梧桐树浓绿硕大的叶片上，投射出斑斑驳驳、五光十色的影子。晨风徐来，使她顿感浑身清爽。一夜之间，她似年轻了许多，青春朝气在回归。

"见到他说什么呢？"她停顿了一下似乎有了主意，便沐浴着明媚的晨光加快了脚步。

省文联距医院不远，步行不到 10 分钟就到了。

"老同志，向您打听一个人。"

她向在省文联招待所楼前碰到一位迎面走来的老者问道。老人已双鬓斑白，戴着老花眼镜，高高的个儿，像是这里的什么干部，或许是位作家。

"噢，这不是高大夫吗？"

老者走近前来，打量着高岩说道。

"早上好!"高岩礼貌地回敬道。

"早上好!"

她不便说不认识。估计他是找她看过病。所以很有礼貌地向对方点头示意。

"高大夫,您找谁?"

"嗯……从 C 县来的,叫王锶。"

"你要找的这个王锶不简单啊。一个业余作者写出那么好的作品不容易呀。昨天我们在一起谈了很多。他是一位有志青年,一位很有才气的业余作者。哦,光顾说话了,我也要去送他。走,咱们一起去。

"看来今天你们难以久谈了。你看,"他边走边指向大院正中围着银灰色上海小轿车的人群。"他的小说发表后,北京部队的文化部门准备将小说改编成话剧搬上舞台,邀请原创参与剧本的修订工作呢。正好我们的文联主席进京开会,他们就要做伴去车站乘 9 点的火车了。"

高岩听到这儿,条件反射似的打了个寒战,面部肌肉一阵紧缩。她心里清楚,王锶的北京之行对于她意味什么——预示着一场灾难。

然而,这位老者并没有觉察到高岩表情的异样,只顾一边走,一边乐哈哈地说着,一边快步向人群走去。

"快,好给他打个招呼。……"

"一路顺风。"

"王锶同志,祝贺你呀。"

"希望早日在舞台上看到你的作品。"

……

啊,只见王锶身穿没有领章帽徽的空军军装,脚下是一双浅腰黑皮鞋。虽然脸消瘦了些，但举止仍然是那样利索、庄重。一双智慧的眼睛凝聚着矜持、自信、刚毅的光芒。看到这儿，高岩心里五味杂陈，鼻尖酸酸的。

送行的人们还在热烈地和他，以及另一位年逾花甲的长者话别。

带领她的老同志早已快步挤进送行的人群，而她的双脚竟沉重得迈不起来。

"再见！"

"好。再见！"

"哎……来呀，你看我这儿……"

看到在一片再见声中一溜烟开走的汽车，带她来的老同志才想起了跟在身后的高岩。

"哎，高大夫，你看我只顾……高大夫……"

当他回转身提高嗓门喊她时，她已沮丧得头也不回地走出文联大门，裹进了涌动着的人流。

"还在这干什么？纵然赶上了王锲还有什么意思？找难堪？走吧，完了。早知道这样……唉，你不是早有所觉察吗？杨明华改编剧本的事忘了吗？看来，他并没有原谅我，他的信是在向我示威。我是多么的愚蠢。"

现在，她不仅恼王锲，而且更恨自己。她心里清楚：明天，以后，一个艰险莫测、凶多吉少的可怕未来在等待着她。……

十八

首都某兵种文化部整洁、清静、宽敞的创作室。从落地窗口可以看到窗前花池中美人蕉碧绿凝翠的叶片和顶端火样鲜红的花冠；各样盛开着的草本、木本花卉送来阵阵醉人的清香；远处婆娑多姿的垂柳和路边两行修剪齐整的冬青尽收眼底。

"多么好的创作环境啊！"王锲将茶杯放到茶几上，望着窗外的景色不无感慨地说。

"是啊。然而我们却有负于这环境，总拿不出像样的作品来。"杨明华认真地说道。

"您也太谦虚了。"

"真的，不是谦虚。好了，不谈这些。王锲同志，您从千里之外赶来帮助我们，够辛苦了。下午洗个澡，晚上好好睡一觉，明天我带你出去转转，有关剧本的修改问题后天再说。"

"谢谢，不累。杨干事，时间短，任务紧，我看还是先谈工作吧。至于休息的事，以后看情况再说。我虽初来乍到，但对北京并不陌生。"

"你过去在哪个部队服役？"

"D18。"

"噢，原来我们还是同一个兵种的战友呢?!"

"是吗？"

"我一直在机关工作。"

"真没想到，几年以后又回娘家。"

"来过这儿？"

"来过。每一两个月都来通讯组送一次通讯稿件。"

"都认识谁？"

"易东民、肖红、全莉、欧阳夏男，多了。"

"好一个王锲，咱们真是一家人哪。"杨明华兴奋地抱起王锲激动地说。

王锲和杨明华坐在一起无拘无束地交谈着，好像一见如故的朋友。

　　杨明华重新给王锲换了一杯茶，然后十分郑重地说：

　　"王锲同志，我想了解一下你的创作经过。更狭义点讲，是在什么样的背景下写起了《初恋的颤音》？搞创作不是常讲创作冲动和创作灵感吗？"

　　"写小说是我的业余爱好。至于为什么写起了《初恋的颤音》，确实是有一定原因的。不瞒你说，我的初恋是极为不幸的。它是我苦苦思索、酝酿了几年的产物。记得鲁迅先生有过这样一句话，'作者写出创作来，对于其中的事情，虽然不必亲历过，最好是经历过。'因此，对于我这样一个缺少写作经验和技巧的门外汉来说，最好的办法就是依据真实的人和事来描绘，并加以渲染。所以，这部小说除一定成分的虚构外，其中好多情节都是以我的初恋为蓝本写成的，只不过加些修饰、移植罢了。我写这部小说的初衷有两点：一是出于爱好，二是为了求得精神上的解脱，给青年朋友一些有益的启迪。不过，前者是次要的，后者才是我主要的目的。"

　　王锲稍微停顿了一下，接着又缓缓地并有点凄凉地说："看来，我与那自尊心极强的曾经的恋人，就要粉墨登上舞台了。尽管不是什么光彩的事情，不过请你放心，我一定尽我最大的可能，全力配合，使它早日和观众见面。"

　　"好，这下我就清楚了。你来了，对我们的工作是一个很大的促进。"

　　"不，你太客气了。在这方面我是外行。我想，我的这个很不像样的小说能够得到人们的认可，心里就很满足了。"

　　"坦率是诚实的象征，诚实是做人的美德。爱与幸福只有诚实的人才有拥有它的资格。可是，事实上往往颠倒。巴尔扎克说过，'女人的错误差不多老是因为相信善，或是相信真。'欧也妮由于过于信赖葛朗台，所以酿成大错。而你因过于相信你的初恋女人，而承受了失恋后的诸多痛苦与不幸。她丑陋、肮脏的灵魂理应受到唾弃。"

……

就这样，他们的畅谈一直持续到北京街头花灯齐放时。

十九

一个月后，经过夜以继日的修改补充，剧本脱稿了，即交由歌舞剧团话剧队排演。

杨明华和王锲感到由衷地喜悦。部里的同志们也表示热忱的祝贺。

"祝贺你们哪，明华、王锲同志。你们辛苦了！"创作室秦主任亲切地说道。

"多亏了王锲同志的协助，大伙的支持。"杨明华认真地说。

"大功告成，辛苦了。哎，小杨，前段你们只顾忙工作了，也难得和王锲同志在一起好好聊聊。今天是周末，我请客。你去服务社买两瓶好酒，让厨房做几个菜，以表我对大家的慰问。"

说罢，秦主任从上衣口袋里掏出两张大团结塞给杨明华。

"不，主任，还是我来请。"杨明华说着一溜小跑地出了创作室。

杨明华出去了。马干事扫视了在坐的的人们一眼，对年轻的女创作员小耿诡秘地问道："大作家，啥时候让大家喝你的喜酒啊？"

"去你的！"她并不像一般未婚女青年那样羞涩脸红，而是没事似的一挥手了事，只顾埋头写着什么。

"快了吧？"马干事又穷追不舍地问道。

"快？不见得吧。人家不少运动员拿不到世界冠军还不结婚呢。我也有个小小的计划，什么时候搞成一部像样的电影文学剧本，什么时候请你们喝酒。保证让你们喝茅台，怎么样？"

"好。不过，你千万别让那位等急了……"

"去！庸俗之谈。"她没等马干事说完，便立即回敬了一句。而后又说：

"马大炮，你看人家杨明华，双喜临门，那才叫可喜可贺呢！"

"是啊，是啊，听明华说，他们准备改在元旦在我们这儿举行婚礼。到时候一边看话剧，一边度蜜月，那才叫甜蜜呢。"坐在一旁的赵干事也开始发言。

"主任，您见过杨明华的女朋友吗？"

秦主任摇摇头。

"去年她来京时我见过一面。医大高才生，美丽动人。"小耿说着将目光转向在一旁喝茶的王锲，"王锲同志，杨干事的未婚妻跟你是老乡咧。等不了多久，你们就成熟人了。"

"是吗？"

王锲有点惊疑地抬起头，眉宇间出现了他人不易觉察的阴影。"莫非世界上真有这样的巧事？"他曾听人说过，高逢君（高岩）的爱人是北京某部的军官。

"不会的。他们不是已在国庆节时结过婚了吗？"他马上否定了自己的揣测。

"给，饱饱眼福，认识认识吧。"不知道马干事从哪里翻出一张照片交给大伙挨个欣赏传递着。

当王锲接过照片定神看的刹那间，简直不敢相信自己的眼睛。放大的彩色照片上，紧偎着杨明华的竟然是高岩——高逢君。

"啊？怎么是她？"他头脑"嗡"的一声，眼前发黑，竟失态地惊叫了一声。尽管他马上恢复了镇静，但脸色已变为苍白，嘴角还在轻微地抽搐着。他不知所措地呆坐在椅子上，泥塑般一动不动。

在场的人一下子被这突如其来的变故惊呆了，房内瞬时哑然无声，大家都在用惊异的目光注视着王锶。不过，此时大家已心照不宣地意识到：问题就出在这张合影照片上。

一阵难熬的沉默过后，秦主任沉不住气了，"王锶同志，你这是怎么了？"

"不不不，秦主任，对不起……没，没什么。"

尽管他竭力掩饰，但看着他异样的表情，大伙是不会轻信无事的。各自心中像揣了个闷葫芦，百思不得其解。

王锶窘迫得手足无措，不知说什么才好。说什么呢？说什么都不合适。他只感脑袋涨痛、两耳轰鸣。他缓缓站起身，"您几位先坐，我出去一下，去去就来。"

王锶出去了，大家没说什么。是啊，说什么呢？心里的谜团没有解开。他们默默站起身，目送他出门，表示了不解的关注。

当杨明华提着两瓶北京"二锅头"，拿着半条"友谊"牌香烟，兴冲冲地回来的时候，发现大伙在在低声议论着什么。这议论连同不和谐的气氛使他本能地意识到：本该开怀畅饮的"聚餐"，弹指间将可能不欢而散。

当杨明华听了在座的同事叙说了事情的原委之后，便立即冲出了创作室。

他气喘吁吁地在机关大院跑啊，找啊，终于在操场一角一排白杨树下找到了他。王锶两手托着下巴，深埋着头，在水泥地上坐着。以至杨明华走到近前都没有觉察。

"王锶同志，你这是怎么了？"

"哦……杨干事，没什么……只是头有点不舒服。"他抬起头喃喃地说道。

"不，请你不必瞒我。"

"真，真的没什么……"

"那为什么你看到她就……就……莫非她就是……唉，你快说呀。"杨明华急不可耐地问着，眉头拧起了疙瘩。

"……"王锶心烦意乱地摆摆手，又用拳头狠砸了下脑门，一句话也不说。

"嘻，你这个人哪，难道还不相信我吗？假如你过去和高岩真有过什么的话，尽管讲出来，也好让我心里明白明白。"

"到底是说了好还是不说的好呢？"他痛苦地思索着。他万万没有想到，一部小说竟能引出这样的祸端。他想，"这难道不是现实对自己的又一次无情的捉弄吗？说穿了，他会怎么想，又会给她带来什么样的后果呢？难煞人啊。"

他深知，杨明华是无辜的，不应得到这意外的不幸。他后悔这次的贸然之行。"他绝没料到，北京之大，芸芸众生，做梦也遇不到的巧事会落到他们头上。事已至此，看来任何谎言都难以使杨明华信服。"他想。

于是，他极其痛苦地抬起头说，"杨干事，对不起，唉……"他用手掌拍了一下脑门，"做梦也没想到一篇小说竟然会与你……不，不是小说……唉，她怎么会……会和你扯到一起呢？"

"莫非她高岩就是小说中的高盼君，就是曾经和你告吹的那个原型吗？"

"没想到啊！"王锶痛苦地地点了一下头。

是啊，谁能想到呢？杨明华更是出乎意料。他怎么会想到高岩竟是小说中高盼君的原型？自然，这对于杨明华来说简直是晴天霹雳，一时间他惊得目瞪口呆。他没想到，自己的初恋，不，第一次爱情竟也是如此的不幸。

"真正的爱情只有一次呀。"他也陷入了久久的思索与痛苦之中。

不过,当他想到她竟是那样一个女人时,一切陡然而来的杂念便一扫而光。有的只是气愤,"幸好还没有和她完婚"。

王锶调整了一下情绪,近乎惶恐地说道:"都是我不好,我不该给你带来如此的不幸。现在我们的剧本还能收回吗?"

"你说什么?"

杨明华吃惊地盯着王锶,有些震怒:"你也太低估了我,我怎么能那么自私、卑下呢?个人的婚姻爱情和社会精神文明以及我们的事业,本来就不是对立的。人是为社会而生存,而不是为某一个人活着。"

"可爱情也是一个人成就事业的重要组成部分啊。"

"那是指纯真的爱情。"

"人类最美好的品德就是诚实,你做到了。而她高岩不单单骗了你,而且骗了我。她将神圣的爱情视为随心所欲的东西,她践踏了爱情生活的内在规律,亵渎了道义,玷污了文明,理应受到舆论的惩罚。王锶同志,你看,发生在我们之间这戏剧性的巧合算不算爱情生活内在规律之使然呢?"

杨明华坦然的语气,愈加使王锶不安。

"不,你要原谅她。否则,我良心上将终生不得安宁。"

"相信我会处理好此事。"

"不过,这也是不幸中的万幸。要不,我怎么能对她有如此详尽的了解。与她结合了,对她过去的一切一无所知,那才是我一生中最大的不幸啊。蒙昧无知才是最为可悲的事情。"

杨明华握着王锶的手不无感慨地说:"托尔斯泰说过,'人之所以要活下去,只是因为有一个灿烂的将来,一种伟大而永久的自由。'"就我们这一代人来说，本应是幸福的，但事实上每一个人都经历了某种不幸的坎坷之路。失去的，我们都有权利追回来。初恋，初恋，《初恋的颤音》。王锶同志，你可看过屠格涅夫的小说《初恋》吗?"

王锶会意地点点头。

"这位文学大师在《初恋》中这样写道：'啊，青春，青春，你什么都不在乎，你仿佛拥有宇宙的一切宝藏，连忧愁也给你安慰，连悲哀也对你有所帮助……倘使我不白白耗费时间，我什么都办得到!'他的话讲得多好啊!王锶同志，你无须痛苦、内疚，因为你在痛苦之后，获得了纯真的爱情与幸福。……我也解脱了。"

啊，多么豁达、坦荡的情怀。没有私怨，没有嫉妒，没有情仇；高尚的情操，纯美的心灵。这难道不是人类最为珍贵的博爱吗?!王锶被杨明华深深地打动了，滚烫的泪水挂满了面颊。

王锶原有的一切担忧、顾虑、难堪、痛苦，顷刻间都在与杨明华紧紧的握手中化为乌有。

二十

……

哭吧。眼泪成了人们，特别是女人用以宣泄委屈、痛苦，博取同情的有效武器。

现在，高岩哭是哭够了，眼泪早已哭干。眩晕的脑袋似乎轻松了许多。她站起身，洗了把脸，理了理蓬乱的头发，披上雪花呢短大衣，在紧靠暖气片的长沙发一头坐了下来。

"再哭有什么用呢?"她自己劝着自己。

死，她从未考虑过。她仍具有对于未来炽热的欲望和孜孜的追求。不过，唯有此时，良知和理性才在她的心头呈现出它的生

132

命力。

她喝了几口浓茶，重又展开昨天刚刚收到的杨明华那简短、使她哭了半夜的来信，冷静地斟酌起来——

高岩同志：

你好！

近日来，我在北京无时不在想起你。"盼君，盼君"，你的名字象芦花，似黏土，时时附着在我的身上，挥不去，吹不散。

为使《初恋的颤音》如期走上舞台，我们付出了心与血的代价。我猜想，你肯定不会为此感到快乐。相反，会给你带来苦恼和抱怨。因为，由此延误了我们的婚期。坦白地讲，我则不以为然。我们所做的一切并不是得不偿失的轻率举动，是为真、善、美在呐喊。在改编剧本的过程中，使我认识了在书本里不易领会到的东西，心灵得到了进一步的洗礼。

"爱情"二字是多么神圣多么美好的字眼啊！无数青年人涉足于她，几乎都如醉如痴地拜倒在她脚下。然而，可叹的是不少人并不认识她的真面目，不知道美与圣洁的所在在哪里？

国庆节前寄去的中篇小说《初恋的颤音》看完了吧？小说不尽是"骗人的编造"吧？你我都应从中寻找爱的真谛。志同道合、同甘共苦；理想与追求的一致才是爱的基础。我们的所爱在哪里？这要用心来作答。

看来，让你元旦来京结婚并欣赏话剧的计划又要落空了。为此，我感到深深的痛苦。我何尝不想呢？……

人人有信仰，各个有追求，但其本质却有着截然的不同。我不仅崇尚纯洁美好的爱情，而且更渴望尽快享受到爱的幸福。

桂花，桂花，迟开的桂花呀，正因为你开得迟，味才长久。人生真正的爱情只有一次，第一次我就渴望得到这最艳丽的一枝。

　　高岩同志，你不是希望我们都做迟开的桂花吗？

　　迟桂，迟桂，我心中的迟桂。我在向你呼唤，热切地盼望着你的来临。

　　致以军礼。

杨明华

1981 年 12 月 27 日

　　"亲爱的"字眼没有了。他的所爱在字外。

　　信中没有粗野、不堪入耳的字句。更没有像她写给王锲的决裂信那样，"从此一刀两断，分道扬镳"、"各自珍重"之类的话。

　　"我本不是一枝迟开的桂花，已不在他的心中。"她已觉察到了。他是一块精莹剔透的美玉，我呢……已难相配于他。骗人的婚姻不会长久，更不会幸福。远去了——心中的金字塔；别了——心中的迟桂花。"想到这儿，她心里像刀剜一样疼痛。

　　人到了失去他心中最可宝贵的东西的时候，才会明白这些东西对于他是何等的珍贵。遗憾的是当你有可能得到并拥有它时，并不懂得珍视它、呵护它。可一旦认识到了它的珍贵，这珍贵的东西，包括情感就再也追不回来。

　　痛定思痛，悔恨无尽。此时，高岩正陷于这种痛悔之中。

　　"是啊，我失去的太多了。"她长叹了一口气，想道："我不仅失去了王锲，失去了明华，更重要的是失去了人的美德，无视爱情的尊严。逢君，逢君，遇君不识君，遇君君别离。我岂不是一个可怜的伪君子吗?! 我理应受到谴责和惩罚。"此时，她满眼的泪水像断了线的珍珠再次滚落下来。

　　俄国作家莱蒙托夫说过，人的"灵魂在痛苦和欢乐的时候能明辨是非、服从理性"。

这不，高岩的思想从现在开始，才真正地回归理性；第一次不带任何偏见，来客观地正视自己的一切。

当她发出一声长长的叹息之后，站起身走到写字台前，取出笔记本记录下了小说《初恋的颤音》中的一段文字：不道德的行为导致了不体面的结局；爱情生活的内在规律必将惩罚践踏爱情生活规律的人。

她十分严肃地沉思了良久，忽然又想起王锲赴京路过时来信中的一句话："我们都应该从制造噩梦的漫漫黑夜中走出，让那不堪回首的往事，随着日月星辰的交替、推移死去吧。我们都需要崭新的明天！"

"向昨天告别！明天才是希望的所在！啊，多么诱人的明天啊……"

高岩站在窗前，凝望着满天璀璨的星斗，自言自语地说道。

她像虔诚的基督徒在吟诵经典，面容坦然……

写于 1981 年春——1983 年 8 月

成稿于 2014 年 9 月 9 日

知音风雨路

这是 1977 年最后一天的下午。

六级偏北风载着西伯利亚寒流，抽打着突兀的树枝，发出嗖嗖的、怪怪的声响，几只黑乌鸦踉跄着在枝丫间栽来晃去，似乎要掉下来一样。天空中纷纷扬扬的雪花为大地编织了一层银白色绒被。远眺窗外，须臾间，空蒙的世界已是银装素裹，呈现在人们眼前的已是令人陶醉的童话般世界。啊，这是今年的第一场瑞雪。冬天来了。

已近傍晚，风仍在刮，雪仍在下，好像没有停歇的意思。

"元旦这天能否放晴？唉，老天爷呀，开开恩，给个笑脸吧。"

晚上，我躺在床上翻来覆去睡不着，像迷信的老太婆一样祷告、祈求着，头皮恐怕被挠得发红了。

明天，将是又一个具有伟大历史意义的开端。正如中央人民广播电台新闻节目中所说：对于我们多灾多难的中华民族来说，1978年将是何等重要、何等关键的一年啊。它标志着我们这个国家要拨乱反正，团结一心，众志成城，迈开四个现代化建设的脚步，奔向更加光辉灿烂的前程，迎接 21 世纪的灿烂曙光。

明天，我不仅要参加县一中庆祝新年音乐联欢会，还要参加一中一个不寻常的婚礼。我是前几天受到特邀的“嘉宾”。

……

一

“东方红，太阳升……”

“各位听众，新年好！”

我被这熟悉、激昂的《东方红》乐曲和中央人民广播电台播音员委婉动听的问候声惊醒。我伸伸胳膊，打了个哈欠，啊！新的一年，新的一天，新的生活开始了。

这时机关大院的高音喇叭开始播报天气：

“今天白天，晴天，偏南风二级……”

“好！晴天。真是天遂人愿哪！”

我高兴地拍了一下大腿，“霍”地坐起身，起了床。

当我拉开窗帘推开窗户往外一看，啊，太阳已把灿烂的金辉洒满大地；霞光与雪光交相辉映，美极了，白雪的反光刺得我几乎睁不开眼睛。我伸长脖子，深深地呼吸了两下清新的空气，很是惬意。于是赶紧洗漱、梳理，准备出发……

早饭后，我推出自行车查看了一下路面，发现由于风吹的缘故，路中间并没有留下多少积雪。当我骑着自行车在笔直的柏油马路上疾驰的时候，抬腕看表，已是8点25分。联欢会9点整开始，距一中还有两公里的路程，于是蹬车的速度顿时加快了许多。

当我满头大汗赶到县一中，几位校领导和老师早已迎候在大门口了。

“对不起，差点迟到，让各位久等了。”我感到心里很不安。

“不不不，没关系，还不到9点嘛。嗄，看，眉毛都结霜啦，冷不？”校长叶健关切地问道。

"不冷，还行。"我忙摘下口罩回答。

一阵握手、寒暄过后，叶校长带我先到他的办公室烤烤火，稍事休息，也好暖和暖和。这时我再看表，离9点还有10分钟。行！像我这样缺乏锻炼的体格，25分钟蹬了10公里，真是不敢想。想起来，我不禁有点好笑：

"哪来的一股熊劲？"

会场设在操场上，舞台坐北朝南，布置得简洁而庄重：左右临时栽的几根杉木木杆子上扎着苇席，上面覆盖着草绿色篷布，正后方绛紫色幕墙挂在两棵碗口粗细碧绿青翠的柏树树干上；幕墙正上方悬挂着毛主席、华主席、周总理的大幅彩色画像……瑞雪消融，蔚蓝的天空中不时有一丝薄云飘过。放眼望去，暖融融的阳光下，操场四周无数面红绿彩旗徐徐舞动，给人一种淡雅、庄重、心旷神怡之感。

9点整，叶校长站在麦克风前，先是用征询的目光扫视了一下面前黑压压的人群，然后又用同样的目光看了看我。我下意识地点了点头，意思是说，"可以开始了。"

于是，他那缓慢而洪亮的声音便在操场上空回荡开来：

"同志们，同学们！现在我宣布，新年联欢会现在开始！"

接着是一阵雷鸣般的掌声。

"不过，我要向同志们、同学们说明的是，不仅仅是要开好联欢会，同时还要在这美好的时刻，为我校新上任的副校长陈伟同志和董洁茹老师举行隆重的结婚典礼。"

又是一阵热烈的掌声。

"今天的安排是，婚礼在前，联欢在后。因为，在联欢会上这对新人还是压轴戏的主角呢。我的建议是，先举行婚礼，再让这对知音佳偶演唱那情深意切的动人歌曲，这样更显得贴切、和谐和富有诗意。我这样安排是否合适，等一会你们就知道了。哈哈，好了，不啰唆了。"

叶校长说着转身看看身后的幕墙问道："大红双喜字怎么还没贴上啊？"

话音刚落，只见两男、两女四位学生快步跃上舞台，不到两分钟即把硕大的红底金字的双喜字贴好了。

"现在我宣布：陈伟同志和董洁茹同志的结婚典礼仪式正式开始，鸣炮奏乐！新郎、新娘就位！"

"劈里啪啦！劈里啪啦！……咚咚锵！咚咚锵！……"一时间花炮齐鸣，锣鼓喧天，台下成了欢呼的海洋（注：那时既没有漂亮的婚纱、礼服，更没有婚礼进行曲）。

好一阵欢呼喝彩声浪过后，一对举止文雅、端庄的中年人在两男两女四位同学簇拥下，迈着轻盈的脚步，站在了主席台前。两张红红的脸庞泛着幸福而羞涩的光泽。只见两位同学很快为他们胸前系上了大红绸绣球。

要知道，按传统习俗，以左为上，所以在乡下拜堂成亲的一对新人，在典礼仪式上总是要争抢左边位置的。假如男的高姿态，就会自动站到女方的右边，让她一回。要是双方都缺乏高风格，那他们就会抢左避右，甚至有互抗膀子的情形发生。不少迷信的老太婆说，要是女人结婚拜天地时处于下风，就会一辈子吃苦、受穷，抬不起头。也许，陈伟、董洁茹压根就不信这陈规陋习，或者根本就没听过这一套说法。只见陈伟站左，董洁茹站右，根本没有争抢的事情发生。他们一会仰面望望天，一会低头不好意思地互相笑笑。

"都快四十岁的人了，还像十七八岁的姑娘小伙子那样害羞呢？也许这正是知识分子共有的特点吧？不，不尽是。或许他们仍未从坎坷漫长的恋爱旅程中走出，或许……"

我暗自在心里揣测着眼前的这对新人。

董洁茹，我的高中同学，今年该是36岁了。她一米六五的个子，留着一头乌黑的齐耳短发；白皙文静的瓜子脸依然有着青春的红润；两汪湖水般清澈的大眼睛闪烁着智慧、善良、刚毅的目光。再看她身上：打着盘扣的紫红色中式小棉袄配以海蓝色的弹力呢裤子，脚上是一双锃亮的棕色平跟皮鞋，看上去还是那样俊俏、美丽、楚楚动人。不了解情况的人还以为她是一位二十出头的大姑娘呢。

再看看陈伟，我的老同学，他明显地老了。39岁，眉头上却过早地嵌上了好几条深深的皱纹。他一米七六的个儿，穿一身咖啡色中山装，风纪扣系得严严的，这是他多年的习惯了。由于岁月沧桑洗礼，头上已有丝丝白发。本来就稍高些的额头，现在又仿佛向前进了两厘米。但从那长方脸上两只不大而炯炯有神的眼睛里，能看出这是一位倔强、干练、睿智，对生活和前途充满热情，富有理想，具有坚定信念的人。

嗯？怎么啦？两张本来带着羞涩、幸福的脸，怎么倏忽间严肃起来？甚至有点忧伤。陈伟用右手紧紧攥着董洁茹垂下的左手，各自咬着微颤的嘴唇，眼眶里的泪水顺着各自的面颊似断了线的珍珠滚落下来。是啊，有谁能解其中味？我深知这是多年风雨坎坷在他们心灵深处释放的痛苦回声。为了生存，为了爱情，为了事业，他们结合了，却又被迫分离；分离了，现又结合。分分合合，这一切使他们在精神上、生活上遭受了多大的人生痛苦啊！是啊，忧虑、困惑、痛苦、幸福、喜悦交织在一起，触动着他们的心扉，怎能不动情呢?! 或许这正是"痛定思痛"的眼泪。我如此思忖着，也不禁为眼前的情景所触动，顿觉眼眶也热了起来。

140

此时，我发现不少师生在交头接耳，正以疑惑不解的眼神审视着他们：

"他们为什么竟至如此动情呢？"

当我沉浸在这杂乱的思绪中时，又听到了叶校长那缓慢、洪亮的声音：

"结婚典礼第一项，由校总务处主任顾大舟同志宣读《结婚证书》。"

这位顾大舟我是认识的。他是县一中前任校长，今年已近花甲之年。只见他从舞台后排一个位子上缓缓站起来，戴上老花眼镜，脚步蹒跚地走向前台。他展开《结婚证书》，面带愧容地读了起来：

"《结婚证书》。"读完这一句，他干咳了一声接着念："陈伟，男，现年 26 岁；董洁茹，女，现年 23 岁，自愿结婚，经审查符合《中华人民共和国婚姻法》相关约定，不，规定，特发此证。XX 县民政局，1966 年 8 月 16 日。"

"什么？三四十岁的人了，怎么才二十几岁。"顿时人群中发出了一阵议论声。

顾大舟读完《结婚证书》，然后转向陈伟、董洁茹喃喃地说"对不住，对不住，我，我当初不该那样对待你们。请原谅，请二位宽恕……"说罢，躬身一礼，走向他的座位去了。

对于顾大舟的反常举动，在场的许多人感到大惑不解、莫名其妙。唏嘘声过后，就是一片议论："真是人老眼花，老糊涂了。字念错，还说胡话……"

新郎、新娘向前来贺喜的亲人、朋友、师生鞠躬致意，夫妇对拜的仪式很快结束了。又该叶校长讲话了：

"第五项，请新郎、新娘的老同学、介绍人，县革委宣传部副部长江志中同志讲话。"

听了叶校长这一连串称呼和台上台下哗哗哗的掌声，我真有点受宠若惊，感到浑身不自在。

"好吧，同志们，同学们，各位领导，各位亲朋好友，要我说几句是可以的，说什么呢？感到很为难哪。我当他们的介绍人已是十多年前的事情了。可今天从哪说起呢？时间这么长，恐怕很难一下子说得清、道得明啊。说不清楚，只会让大家心里犯嘀咕，下面还要演节目，我看以后有时间请你们问他俩好啦，啊？"

为不至于让在场的人过于失望，我将昨晚在心里凑成的一首《如梦令·知音》给在场的人朗诵了一遍：

　　昔日风暴雨骤，
　　今日相笑无忧；
　　试问何以至此？
　　却道坚贞巧斗。
　　知否，知否，
　　一对知音佳偶。

我以此敷衍，也以此作为献给他们的结婚礼物。

"好！好！……"

我自认该拙作欠佳，竟意外地引来众人的一阵喝彩声。我想他们是在为眼前这对久经风雨、不离不弃的知音终成佳偶而欢呼！

常言道："不经风雨何以见彩虹？有情人终成眷属。"然而，他们却为此付出了比常人多得多的代价。

想到此，我顿觉身上凉凉的，似乎起了一层鸡皮疙瘩，眼眶潮潮的，不能自己。

二

新年联欢会很快就开始了。

先是合唱《永远跟党走》、《我们走在社会主义道路上》等歌曲，然后是相声、小品、三句半。

我满以为就这样便可以饱饱眼福，和大家共同分享一下节日的欢乐。但不知怎么搞的，不仅自己心里涌起对他们过去的回忆波澜，并且我还发现，很多人都不能专注欣赏文艺节目了，他们三五成群在交头接耳议论着什么。我想，或许是由于对新婚夫妇的眼泪和顾大舟读《结婚证书》时的异样表情——唯唯诺诺，读错字，赔情，鞠躬甚为不解？还是因为我那令人失望、费解的讲话，令人丈二和尚摸不着头脑呢？也许以上因素都有。

正当我胡乱猜测的时候，坐在我身旁的一位高中男生忽然用胳膊轻轻碰了碰我的胳膊，睁着一双机灵而又顽皮的大眼睛好奇地问道：

"哎，江部长，他们俩到底多大岁数？本该高兴，为什么眼泪汪汪的？他们到底是怎样走到一起的呢？能给我简单说说吗？"

"是啊，是啊，江部长快给大伙说说嘛，您还是他们的红娘呢。嘻嘻。"

这时坐在我身后的几位男女学生也纷纷探过身来凑热闹，大有不探得内情决不罢休的味道。

"是呀，江部长，简单点，快说说呀。"

看到他们一个个近乎乞求的目光，我怎好拒绝呢？我不忍心看到他们一个个失望的表情。于是，便给他们讲了起来。尽管这场合不太合适。

"好吧，同学们。要说他俩分分合合的坎坷经历，三言两语是说不清的，细说起来能写成一部言情小说或拍成一部电视连续剧，长着呢，可以用荡气回肠、催人泪下来形容。今天这个场合不行。为不扫各位同学的兴致，现在我只能像说评书的先生那样，为赶时间，简短截说，捡稠的捞了。要不，怎么看节目啊。下面我就给大家作简单的介绍。"于是，记忆的帷幕缓缓拉开——

我和董洁茹老师同村，自幼一起上学，一起长大。1961 年，我和她在这里高中毕业，并一同考上了渤海师范大学中文系。当时，我们村上男女老幼都为我们俩一同考上大学而奔走呼告：

"王湾村出状元了。看人家志中、洁茹多有出息……"

状元谈不上，可我们俩的确是村上有史以来第一次考上大学的年轻人。在那个年代的乡旮旯能考上外省名牌院校实为不易。记得离开故乡那天，大队党支部书记——董洁茹的妈妈和两位村干部特地为我们带上大红花，还亲自用马车把我们送到县汽车站。临行，董洁茹的妈妈难分难舍地拉着女儿的手，语重心长地叮嘱说：

"小洁呀，我就你这么一个闺女，你能考上大学，娘高兴啊。假如鬼神有知，你爹得知你考上了大学，也该含笑九泉了。孩子，到了学校千万要争气，好生念书，学好本领，将来好像你爹那样报效国家啊！"

当时，她老人家几乎是哭着说这番话的，而董洁茹也是咬着嘴唇点头，以表达自己的坚定决心。

"娘啊，您就一百个放心吧，女儿会给您争气的……"

董洁茹实在控制不住自己的感情，抱着母亲哽咽不能语。孤女寡母情切切、泪蒙蒙，千嘱咐，万叮咛。回想起来，此情此景就好像发生在昨天……

三

董洁茹是一位活泼、乐观、善良、聪慧、求知欲很强的姑娘。

她勇于钻研，善于思索，学习中遇到难题从不敷衍退缩。记得一个星期六的上午，临下课时教授留了一道思考题，让学生利用课余时间把北宋文学家苏东坡《念奴娇·赤壁怀古》的艺术特色浅析一下，并以书面形式交给他看。这首诗词非但教授还没讲过，而且许多同学连看都不曾看过，因此就很难谈出它的艺术特色了。所以，不少同学准备等其他同学答好以后再说。下午，大部分同学都去市里逛商场、游公园、看电影去了。然而，董洁茹却和他的同桌，也就是现在她的丈夫陈伟钻进校图书馆，像虔诚的信徒，反复翻阅、查证、讨论、推敲、编写资料，整整在图书馆泡了一个下午，直到他们自认为满意，便于晚饭前第一个向教授交了卷。功夫不负有心人，果然，教授对于他们的答卷给出了很高的评价，同时也得到了全系同学的一致赞誉。周一午饭时，我见到她谈起此事时，她给我作了如下回答：

"老师布置的作业拖不得，如果搞不出个所以然来，我会寝食难安的，就是玩也没兴趣。读书如攻关，攻克了一道难关，就像翻越了一座高山，进入了一个全新的境界，这时候你再眺望远山近景，方能欣赏到无限风光，才能真正体会到胜利时的喜悦心情。毛主席所说的无限风光在险峰就是这个意思。你看，"她边说边用筷子敲敲端着的饭碗，"假如今天交不了卷，我这一大碗米饭是很难下咽的。"

说罢，她便爽朗地笑了起来，"我从小就这性格，让你见笑啦志中哥。"

是啊，对她这种锲而不舍的进取精神和求知若渴的优秀品质，我心悦诚服。比起她来，我自愧不如。

一分耕耘一分收获。胜利和荣誉属于不辞辛劳、勇于登攀的强者。

　　第一学年年终总考，董洁茹在中文系名列第一。由于她具有豪爽、热情、活泼、乐观的天性，而且品学兼优且平易近人，所以很快就博得了师生们的一致赞扬。

　　她是一位善于科学安排、利用时间的人。她不但学习好，同时还是一位很活跃的音乐爱好者。她酷爱音乐，甚至达到痴迷的程度。她有着一副天生的好嗓子，女高音独唱是她的拿手好戏，是师院小有名气的"百灵鸟"。巧得很，被师生誉为"钢琴王子"的陈伟偏偏是她的同桌。所以，每当学校组织业余文艺活动，或应邀参加市里的什么音乐联欢活动，他们俩总是缺一不可的首选搭档。董洁茹独唱，陈伟伴奏，俨然成了一对珠联璧合的黄金搭档。

　　在我的记忆里，董洁茹演唱得最为出色、最为拿手、堪称声情并茂的歌曲要推电影《英雄儿女》的插曲《英雄赞歌》了。我可不是胡吹。他俩在 1964 年元旦渤海市举办的各界迎新年音乐联欢晚会上，将这首《英雄赞歌》演绎到了极致，博得了全场观众的一致喝彩，还意外地受到市歌舞团领导的嘉奖，赠送给陈伟一把特制的小提琴，真是给师院广大师生挣足了面子。因而，同学们对他们的羡慕之意，更是油然而生。

　　不过从这以后，我隐隐发现他们之间的感情愈发密切，而且有了几分微妙的意味：学习和文艺演出在一起无可厚非，然而闲暇散步也总是形影不离。夏天陈伟在活动室练琴练得满头大汗，董洁茹在一旁为他扇扇子。记得有一次，在一个星期天下午，在市中心公园我无意中碰到他们两人在凉亭下一条长椅上肩并肩地坐着，正小声哼唱着好似《梁祝》的曲子。

　　"嗨，够清静了，你们俩可真会选地方，唱得那么投入？"

　　对于我这个不速之客加同乡的意外偶遇，董洁茹感到十分局促、尴尬，脸唰地一下变得绯红、羞怯起来……

"志中哥，你咋来了？"

"没事瞎逛呗。"

"来，坐会儿。"陈伟礼貌地站起身。

"不啦，我回去还要赶作业，不打扰啦，你们继续，走啦。"

"再见。"

"再见。"

他俩站起身，一直目送我融入熙熙攘攘的人流之中。

是啊，他们有共同的生活、共同的志趣。加上相互间的理解、长时间的交往，由友情逐步升华为恋情是很自然的事，要不，何来志同道合、日久生情一说？

我在心里真诚地祝福他们。

但是，我国是刚刚从几千年封建社会挣脱出来的又具有高度文明的国家。我们具有悠久而灿烂的民族文化，特别是在对待婚姻、爱情的认知和西方国家有着截然的不同。我们崇尚的是含蓄、纯洁、忠贞不渝，这是我们民族的国粹。

正处于初恋时的男女往往有一种共性：当他们的友谊还未曾越过纯洁的同志、同学友谊界线时，无论他们的感情多么亲切、友好，双方都会坦然相处、自由自在、毫不拘谨。可是，一旦双方碰撞出了爱的火花，萌生出了爱的情意，各自又不好直抒胸襟，打破这神秘的屏障时，如果此时正好听到他人议论、猜疑，或者看到别人窥测的目光时，反倒拘束、谨慎起来。共同接触少了，即或偶尔相遇也很少交谈，有的只是含情脉脉的对视和莞尔一笑。即使有很多在一起的机会，心里纵有着炽热的爱之激情，但谁也不肯捅破这层纸，双方都缺乏这种勇气。于是，各自把爱深深地埋在了心底。

当时，董洁茹和陈伟就属于这种情况。他爱她，她也爱他。但是，他们却经受了这样的爱之磨砺。

　　董洁茹有知识分子特有的矜持，既使有心照不宣的爱情约定，也不愿主动向意中人作爱的告白。哪知道，陈伟更有他的疑虑和难以启齿的苦衷。一时间，似乎双方嘴上都贴了封条，只有眼神传递着纯洁、真挚、苦涩的爱意。

　　时光荏苒，眼看四年的求学生涯行将结束，毕业已迫在眼前。然而，他们仍然没有向对方吐露真情的的勇气——"我们相爱吧！"

　　"是啊，我们不是已经相爱几年了吗？可为什么各自总缺乏向对方真诚告白的勇气呢？何苦这样自己折磨自己呢？"

　　此时，董洁茹已感到这感情的负担已压得她苦不堪言。

　　"不能再拖了，时间长了会憋出病来的。"

　　终于，在夜深人静时，她写下了如下日记：

　　"啊，爱情是多么宝贵、美好、神秘的东西呀！我渴望得到他，但没有勇气接近他，向他表白。眼看我们就要毕业了，我决心申请回到我魂牵梦绕的故乡。回去之后好为国家、为人民培养新一代的有用人才。故乡需要我们。同时，我多么需要像陈伟这样的人啊。四年学习、生活形影相伴，他不仅在学习上给予我很大的帮助，而且在生活上也给予我无微不至的关怀和体贴。我们俩有着共同的爱好、一致的追求。遗憾的是，我们不久就要各奔前程了。我不知道这样将给我心灵上造成多么大的痛苦，在工作和学习上带来多么大的损失啊！

　　"我深爱像他这样的人，愿把自己的一切献给这样的人。要是能和这样的人一起生活、工作和学习，那将是我一生最大幸福。如果是这样，我相信我们的生活和学习定会更加丰富多彩、富有诗意！工作上也将得到他诸多鞭策和帮助。夫妻携手，同甘共苦，共同书写我们更加美好的明天……不，或许这是根本不可能的。他绝不可能从繁华的大城市随我到偏僻落后的穷乡僻壤做'缩小三大差别'的模范。我为以后失去这样的知音感到万分痛苦。'爱情啊，你这折磨人的魔鬼。'我恨你！"

……

这已是临近离校的最后一个星期天了。大部分同学都三五成群地上街采买东西、消遣去了。董洁茹没有逛街，却被陈伟拽到校俱乐部。偌大的教室，一时成了他们俩人的私密空间。《莫斯科郊外的晚上》的优美旋律通过陈伟在琴键上上下翻飞的手指，通过董洁茹清亮圆润的歌喉冲出窗外，在整个校园荡漾开来，周围的一切好像和他们一样已陶醉在音乐的王国里。

这是为爱而痴狂的音符，是爱的赞歌。

"洁茹，董洁茹！崔教授叫你去他办公室一趟，出来一下好吗？我的天使，我的百灵。"

同班女同学张文静正在靠近钢琴的窗户外踮着脚喊她。

"好咧，我这就去。陈伟，你一个人先练着，我去去就回。"

说完，她便随张文静一阵风似的出了俱乐部大门。

没有了董洁茹的伴唱，陈伟的练琴兴致一下子减了许多。于是，他顺手拿起董洁茹落在钢琴上的笔记本，想随便翻翻看她都抄了些什么歌曲。翻着翻着，无意中发现了那篇情深意切的日记。他像刺探情报的侦探员一样，屏住呼吸，几乎一字不拉地读完了让他苦恋已久心上人的爱情告白。这突如其来的丘比特之箭，直射得陈伟霍地打了个寒战，顿觉心乱如麻。惊愕、兴奋、幸福、怜悯，多重情感交织在一起，令他眼花目眩、头脑发涨。琴，横竖是练不下去了。他两手捂着微显苍白的脸伏在了钢琴键盘上，钢琴发出一阵失谐的轰鸣声……

"陈伟，陈伟，你这是怎么啦？啊！"

董洁茹回来了，见此情景，吃惊地喊叫着，不停地摇动着他的肩膀。

"没，没什么，只是感到头有点儿不舒服。"

陈伟慢慢抬起由苍白变得涨红的脸，有些惶恐不安起来，竟手足无措地用手抓挠起脖颈。

啊，这下董洁茹全明白了。她看见了落在钢琴上的日记本。她开始埋怨自己太粗心大意、太马虎，不该把歌曲抄在这笔记本上。一时间，董洁茹的脸已羞得通红，双颊像火烤一般，她默默垂下头，不知用什么话语安慰陈伟。

良久的沉默过后，还是陈伟用极其低沉、微显颤抖的声音说道：

"洁茹，下午我们到渤海边上转转好吗？"

……

深秋时节，蔚蓝的天空显得异常深邃、清爽。仰望天穹，偶有轻若薄纱的片片白云自北向南悠悠飘过，给人一种心旷神怡的感觉。

怡人的海风使平静的海面涌起一排排哗哗的波浪，浪花撞击着礁石，激起冲天水柱，又变为伞状四散开来，化作晶莹的水珠，天女散花般溅落在堤岸，温柔地扑向观海的情侣和悠闲的过客。海浪就这样循环往复奔腾着，给岸边小憩的游人、恋人以丝丝的清凉，使人感到未曾有过的惬意与遐想。

陈伟和董洁茹肩并肩站在海边，凝视着东方遥远的天际，虽一言不发，可各自心里却涌动着比眼前潮水更为激越的感情波澜……

"哎！陈伟，海鸥，快看！"

董洁茹指指水天连接处——极目望去，几只海鸥正在映出夕阳的海面上自由自在地上下翻飞、翱翔。

"多么无拘无束的精灵啊……"陈伟喃喃地自言自语道。

150

董洁茹跟在陈伟身后，走到距离码头不远处的一个石墩上坐下，他们不约而同地长长舒了一口气，又陷入了令人窒息的沉默。夕阳的余晖已撒落在他们身上，看上去好似一尊逆光连体雕像，一动不动。

大自然的醉人美景，码头上嘈杂的人群，矗立着的吊车，港湾汽笛的鸣奏，远方渔船上的阑珊灯火，这一切似乎与他们全然无关。只有阵阵海风轻轻地轻轻地撩起他们的头发，拂起了又放下，放下了又拂起。生怕惊动这对儿处于爱情煎熬中的情侣。

陈伟忍不住了，他将脸转向董洁茹，紧紧握住她的手，面带愧色地说道：

"洁茹，对不起，原谅我没经过你的允许看了你的日记。我知道你爱我，可是，你知道吗，我何尝不是深深地爱着你呢?! 你早已是我心中唯一值得我深爱的人。从你身上我吸取了多么大的能量啊！在我心里，你已成为我学习、生活的寄托，是我生命动力的源泉。爱本来是美好的，但当你真正面对它时，心里又觉得十分可怕，甚至到了畏惧、彷徨的程度。我常想，难道我们真的能结合在一起吗？既使结合了又会出现何种艰险莫测的未来呢？我有些后怕。不过……"

陈伟用手背揉着眼角浸出的泪水，以迷茫、探询的眼神注视着董洁茹。

"你，你今天是怎么啦？说话吞吞吐吐的．有什么心里话直说，干吗总是窝在心里，让人猜谜似的，心里不是个滋味。"

董洁茹紧紧地攥住陈伟的手，紧紧地向他靠了靠，想给他些安慰。

"洁茹，我的好同学，好朋友。我知道你各方面都很优秀，你是我心目中最为敬慕、最为爱戴的人，渴望你能成为伴我终身的伴侣。可是，我有点后怕，担心我们的结合不但不会给你带来幸福，反而会给你带来痛苦，造成某种难以预知的心灵创伤。"

"到底为什么呀？你这个人……"

"家里人有可能反对我随你到乡下，这倒不是大问题，我可以做工作。农村偏僻落后、艰苦，我并不嫌弃，不怕。正因为落后才需要我们去改造、去拯救，去施展我们的才华。可，可是……事已至此，压在我心里已久、不便向你启齿的话不得不给你挑明了：我的出身不好，我是渤海市一个资本家的儿子。说出来你可能感到惊讶，感到震惊，不可理解，不好接受这一现实。现在，给你说出来，我心里长时间聚集的疙瘩也解开了，我的心理负担也就放下了。"

"一个资本家的儿子？这么一位优秀的青年怎么会是资本家的儿子呢？"

董洁茹一时间惊诧地望着陈伟，几乎不相信自己的耳朵：

"怎么会是资本家的儿子呢？"

她在心里暗暗地问自己，她陷入了良久的沉思。多种复杂的情感在她心中起伏翻滚着，头有些眩晕。

"人的出身是不能选择的。难道一个资本家出身的儿子就不能爱吗？如果真的爱上他，我会幸福吗？未来将是什么样子？是鲜花遍地的锦绣前程还是艰难莫测的前途？……"

想到这些，她心里乱极了，曾一度闪过抛弃他的念头。但她马上意识到这是可耻。因为，几年的朝夕相处，她了解他，他是一位好同学，好知己。于是，她尽量想他的优点、他的好处，想以此安慰自己，尽可能避免在他们之间造成误会，发生可怕的悲剧。

"以前我认为他是好人，我爱他，而且爱得那么执着，那么狂热，那么深沉。难道，今天就因为他对我说出了他的'家庭出身'，就一下子变成了另类、一个坏人了吗？出身不由己，道路是可以选择的。我不能歧视他，要永远爱他，绝不抛弃他。像他这样的人，不正是需要人们去安慰、去同情、去爱的吗?! 资本家怎么了？荣毅仁家族、王光英家族不都是红色资本家吗？他们不是同样为民族解放，为新中国的成立做出了卓越的贡献吗？既使是地主，还有开明地主呢，陕北的李鼎铭还曾受到毛主席的赞誉呢，怎能一概而论？"

她相信爱的力量，爱能战胜一切困难。很快，她消除了一切私心杂念，她决心矢忠于她所选择的人。

"陈伟，要是你真正爱我，那我们就永远相爱吧。啊？"

董洁茹揽着陈伟的臂膀亲昵地说道。

听到心上人的真诚告白，陈伟积聚心头已久的疑虑刹那间烟消云散，紧锁的眉头亦开始舒展开来。他看到了董洁茹那颗纯洁、美丽、真诚的心。他情不自禁地长舒了一口气，挪动了一下身子，紧紧地握住董洁茹那纤巧、细腻而又温暖的手，近乎乞求地说道：

"洁茹，我们相爱吧，留在渤海。崔教授不是也主张你留校工作吗，将来把你母亲接来多好。"

"陈伟，那是不可能的，我是铁了心要回故乡教书的。偌大的渤海不差我们一两个大学生，可我们那里需要无数高素质人才去教育去培养，造就一代代有知识、会创造的优秀青年去改写一穷二白的落后面貌。如果你留恋大城市安逸的优越生活，不愿跟我走，我也不勉强，我们还是最好最好的朋友，最贴心的知己。"

董洁茹说出了自己的心里话，看陈伟有什么反应。

"既然你决心回原籍工作，我也只能横下一条心，陪你同船共渡。如果让你一个人走了，比剜我的心还难受啊！和你在一起，什么苦我都能吃，什么困难我都不怕。我相信'爱'能战胜一切，只要我们在一起。"

"陈伟，你真好！我没看错人。"

董洁茹被陈伟的真情所打动，禁不住用双手捧着陈伟的脸，在他的额头深深地吻了一口，令陈伟猝不及防。当然，陈伟也本能地回吻了董洁茹一口。

激动、兴奋的心情在一对情侣间交织着，他们满含着幸福、欣喜的泪花紧紧地相拥在一起……

游人逐渐散去，远处的港湾也隐去了嘈杂的声响。

堤岸华灯初上，流光溢彩，天空中繁星点点，海浪有节奏地拍打着堤岸，"哗……哗……"海风也变得温柔了许多，微微的，阵阵袭来，煞是惬意。这是一个多么温馨的夜晚！他们俩在这宁静的氛围里推心置腹，聊了很久很久……

四

虽然"父母在不远游"的古训早已成为历史的说教。但为了不使老人因儿子贸然决定放弃城市的优越条件，甘愿随心上人回偏僻的乡下受苦、受累而伤感，几天来陈伟在双亲面前，软磨硬泡，都快磨破了嘴皮。给父母讲董洁茹的长相，她的聪明、她的贤惠，讲他们设计的美好未来，等等。好话说尽，一马车也装不完。功夫不负有心人，在儿子的苦苦哀求下，陈伟的父母终于做出了有条件的妥协：一是行前必须把未来的儿媳妇带回家，让大人过目、认可才行；二是如姑娘尚可，他们同意陈伟和董洁茹一起回去，实践两年。行，则留下继续工作，如工作不顺心，受不了乡下之苦，就带着媳妇赶快打道回城另谋工作。

"谢谢你二老的理解！放心，一定不会让你们失望的。"

陈伟高兴得像冲破樊笼的小鸟，眉飞色舞地在老人面前转了一圈，立定脚步向善解人意的父母深深地鞠了一躬。

"去吧，去吧。我相信儿子的眼力，也许你的选择是对的。忙去吧。"

父亲向陈伟扬扬手，陈伟便跨上自行车，箭一般飞出了家门。……

第二天8点刚过，陈伟已用自行车驮着梳洗打扮停当的董洁茹，如沐春风般离开了学校。

"陈伟，我心里好紧张，像赶考一样忐忑不安。"

"紧张干吗？丑媳妇还不怕见公婆呢，你这么美丽怕什么？放心，我爸妈见到你准会喜欢上你的。洁茹，别胡思乱想啦，哎，你马上就是老陈家的媳妇了，想不想在你到我家之前，让我简单给你聊聊我们的家世和现在的一些简单情况？"

"当然想了。"

"那好。我就简单说给你听：我们家祖上是经营布匹和食盐的大户人家，也有人称之为大亨。据我父亲说，家里生意最为兴盛、辉煌的时期是30年代前半期。业务遍及华北、东北，甚至做到日本、朝鲜。我们拥有自家的公司本部、货运码头、仓库和海陆运输船舶、车辆，拥有自己的陈氏钱庄。经过多年的打拼，逐渐集聚了亿万财富，成为渤海市富甲一方、数一数二的大户人家。可是，天有不测风云，随着日本强盗的铁蹄踏破渤海，国亡家自破，我们家的生意也一落千丈。1937年7月，日本强盗攻占渤海后，四处烧杀抢掠，无恶不作，我们家也未能逃过此劫。日本鬼子硬要我祖父交出码头和仓库，作为停靠军舰存放武器弹药的地方。我祖父不听其花言巧语、威迫利诱，誓死不从，便招来杀身之祸，被残忍地尸沉大海。1938年春天，为保全一家老小的生命安全，奶奶硬是廉价变卖了部分产业，带着伯父、姑姑和我爸爸几经颠沛流离，逃亡到重庆，在一位远房亲戚的关照下暂时找到了栖身之处。那年父亲刚满16 岁。到重庆不久，比父亲年长两岁的伯父响应共产党'动员一切进步力量，保家卫国，驱逐日寇'的召唤，怀着国仇家恨，毅然投奔延安，加入了抗战的队伍。由于长时间的颠沛流离和丧夫离子之痛的折磨，奶奶竟一病不起。可以依靠的哥哥走了，爸爸只好放弃继续读高中的念头，用稚嫩的肩膀过早地扛起了全家的重担。大约一年之后，经过多方求治，奶奶的身体日渐好了起来，积蓄已久的心理伤痛也缓解、平复了许多。也就是在这一年的春天，父亲在亲戚的撮合下，迎娶了刚刚师范毕业比父亲大两岁的我的母亲——郑氏粮栈老板的独生女儿，当年年底便有了我。准确地说，我是1939 年 12 月 8 日出生的。为了一家人的生计，奶奶和父亲利用过去生意场上的人脉关系，重操旧业，继续做起布匹、食盐生意来。不足一年，便形成了波及西南、西北多地的营销网络。常言道，'树大招风'，随着我家生意越做越大，自然引起国共两党方面的注意。为了生存，对国民党方面要'讨好'，'得罪不起'，而对共产党方面则是有求必应，慷慨解囊。不过，为躲避国民党对共产党军队的物资封锁，尽可能多地给红军和后来的解放军提供布匹、食盐等紧缺物资，用煞费苦心来形容爸爸和奶奶的辛苦、冒险、大智大勇，一点也不为过。他们母子俩曾有两次险些被国民党投进监狱。当时，经国共两方面朋友斡旋，鉴于我们家对国民党也曾稍有'贡献'，才功过相抵，侥幸躲过了劫难。

"就这样，我们家在重庆一待就是 10 年。抗日战争、解放战争的残酷，老百姓的苦难在我幼小的心灵中留下了永难磨灭的记忆，也懂得了祖国高于一切，和平高于一切，和平就是最大幸福的道理。

"新中国成立了，多灾多难的民族终于解放了，自由了。重整河山待后生。1949 年年底，应渤海市人民政府的号召，我们一家人重又回到魂牵梦绕的故乡。

"解放了，百废待兴。为了尽快恢复经济，建设家乡，政府号召全市人民有钱出钱，有力出力，我们家也不例外。经和全家人商量同意，我父亲把在重庆 10 年挣的钱款，除少部分留作家用外，其余大部分都交给了国家，捐给了政府，并将原留在渤海的物产移交国有，只剩下现在的一处宅院。

"由于我们家在建国初期，在国家对个体工商业经济改造中的突出贡献，确实曾赢得过渤海市'红色资本家'的美誉，获得过市政府颁发的"精忠报国，世代流芳"金字牌匾，以至父亲蝉联渤海市工商业联合会主席至今。"

"这么说，你可真是'红色资本家'的后代了，那你还后怕什么？有什么可自卑的？"董洁茹迫不及待地问道。

"我何止是后怕、自卑，我是心有余悸。1951 年至 1952 年的'三反'、'五反'运动和现在正轰轰烈烈进行的'四清'运动、'反对资本主义复辟'、'反对修正主义'运动，几乎每次都对我们家带来或多或少的冲击，给我们一家人，特别是对我的父亲带来了很大的心理伤害。庆幸的是，那些戴着有色眼镜看人论事的激进人物，每次都拿不出我家任何可以治罪的'把柄'和'证据'，最终都不了了之。前段时间，当我听到我们系有人议论我是'资本家的遗老遗少'时，我的肺几乎都要气炸了，真想和他们拳头相向，或找系主任评理。可静心想起来，算了，现在全国的政治环境就这样，还是忍了吧。……"

就这样，陈伟和董洁茹边走边聊，大约一个钟头的工夫便来到陈伟的家门口：漆黑的铸铁工艺大门，大门两侧分坐着两尊一米多高的石狮子。

董洁茹环视了一下眼前的院落："好气派的深宅大院，这难道就是他的家吗？"她心里暗暗想道。

"快进来，还愣着干什么。"

陈伟熟练地推开虚掩的大门，牵着董洁茹的手缓步来到了院内。这是一个坐北朝南的院落：青石甬道，假山，花坛，苍松，翠柏，亭榭，回廊令人眼花缭乱，目不暇接，给人一种清幽、古朴、典雅的感觉；正房是典型的欧式两层雪青色建筑，左右两侧分列着两排单层高脊、挑檐、古色古香的中式厢房，正房门口两侧对称摆放着几盆盛开着的白的、黄的、紫的菊花，散发出沁人心脾的清香。

"啊，陈伟，你们家好美呀，我只是在书里、电影里看到过如此的美景，宛若水墨丹青。"董洁茹忘情地高声说道。

"哈哈，欢迎，欢迎，快进来吧姑娘，请屋里坐。"

看到两位老人已迎出门外，董洁茹极有礼貌地走向前去躬身一礼："伯父、伯母好！"

"好，好！"

说着，陈伟的母亲已拉着董洁茹的手迈进屋内。她高挑的身材，皮肤白皙，穿着入时，蓄着发髻，挺拔的鼻梁上架着一副金丝眼镜，一看便知是一位和蔼可亲、温文尔雅的知识女性。

古色古香的客厅后墙上方悬挂着毛主席和朱总司令的彩色画像，画像下方是陈伟所说的书有"精忠报国，世代流芳"的金字牌匾，左右山墙挂着几幅名人字画，董洁茹见过的只有徐悲鸿的《奔马图》和齐白石的《牡丹》。

"坐，坐下吧姑娘。"

陈伟的父亲热情地招呼着董洁茹，自己已在靠近条案左首的紫檀圈椅上坐了下来。他一米六七的个头，穿一身笔挺的银灰色西装。白白净净的四方脸，略显些消瘦；一双明亮的眼睛里透射出睿智、深沉的光芒。虽说才四十多岁，两鬓却有些花白。

"面对这样一对久经风霜、慈祥、善良的老人，怎能不令人肃然起敬呢？"紧偎陈伟母亲而坐的董洁茹心里这样赞许着，表情显得有些拘谨。

这时，陈伟已将盛有茶水和糖果、柑橘的盘子摆放在眼前的八仙桌上。

"姑娘，不，洁茹，不要客气，来，尝尝橘子。"

说着，陈伟母亲已经将剥好的橘子递到董洁茹的手上。

"谢谢伯母。"

"不谢。"

"对，来的都是客，不，既然来了，就是自家人了，你说对吗伟他妈？"

陈伟父亲说话的意思已不把董洁茹当外人看，表示了对儿子选择的认可。

"对，你说的对。不是一家人，不进一家门。儿子不会看错人。漂亮、聪明、知情达理，这是我们的福气。"

陈伟母亲攥着董洁茹的手温情地说道。

"好豁达、直率、幽默、可敬的一双老人哪。"

想到这儿，董洁茹心里暖暖的，顿时满面羞红。她没有想到这么快就得到了他们的认可。没有常人絮絮叨叨、不厌其烦的盘问和费尽心机、令人悚然的心灵窥探。原以为令人胆怯的'相亲大考'就这样顺利'过关'。于是，拘谨的心理一下放松了许多。双方的话匣子也就自然打开，无拘无束地聊了起来。

陈伟父母先是聊他们家几起几落的艰难创业史，既有不堪回首的惊心动魄的遭遇，又有令人瞩目、波澜壮阔的辉煌过去。聊陈伟的伯父参军后如何英勇杀敌报国，官至团长，最后却在解放渤海的战役中血洒沙场，为国捐躯。

"眼看到家门口了，一家人就要团聚了，他却走了。没想到呀。伟儿的奶奶因受不了失子之痛，加之平时又身体欠佳，导致急火攻心，也不治而逝。"

谈到这儿，陈伟父亲禁不住流下了哀伤的眼泪。

"据说抗战初期，他大伯已是彭德怀部下的一个连长，娘子关战役时曾带队伍伏击日本鬼子一个大队，吃掉了一百多号敌人，他践行了杀敌报国、为父报仇的誓言。没料到眼看国家就要解放了，他却走了，唉……咱家这块牌匾也有老大一份功劳啊。"

陈伟母亲指指金字牌匾安慰老伴。

"是啊，是啊，老大死得其所，死得光荣。不说这伤心事了，说点高兴事。"

接着，老两口又聊起他们家为迎接渤海解放，如何响应号召，积极、主动捐款捐物的义举。为此还受到渤海市第一任市长的亲切接见，表彰了他们家在抗战和解放战争时期对国家做出的贡献与牺牲，因此才荣获了市政府颁发的"精忠报国，世代流芳"牌匾。后来还聊到陈伟的妹妹学习如何优秀，现在正在南开大学读医科，计划等她一毕业就送她去英国攻读医学博士，要她博士后回国反哺桑梓等等有益的话题。

当问及董洁茹家庭情况时，董洁茹告诉他们：父母只有她一个女儿。1943年秋天的一个夜晚，作为民兵大队长的父亲，计划五更时分带领民兵偷袭日本鬼子的一个据点。队伍刚集合好，还没来得及出发，就遭到日本鬼子的袭击。为了掩护其他民兵突围，父亲一人端着歪把子机枪断后，虽左突右冲，打死了二十多个敌人，最终还是牺牲在敌人的机枪之下。听母亲说，父亲死时浑身上下被敌人打成了马蜂窝，没有一处完好的地方。后来才知道这次意外，全是由我们村大地主"何阎王"告密所致。那年她才刚满岁。为了她，母亲没有再嫁。就这样，母女俩相依为命，历经千辛万苦，终于熬到了今天。说到这儿，董洁茹也未免有点难过，两汪湖水般清澈的眼睛涌出了伤感的泪水，滚落在了她那白皙的面颊上。

"真是一个苦命的姑娘。不说这些了，来，擦擦。"

说着，陈伟母亲掏出手绢为董洁茹擦了擦脸上的泪花接着说道："洁茹啊，俗话说，'男大当婚，女大当嫁。'如果你不嫌弃我这个资本家的儿子，今天我们老两口就给你们做主了。以后你不单是我们老陈家的儿媳，还是我们的亲闺女哪！"

"谢谢您二老的偏爱，谢谢！"

董洁茹站起身，为未来的公公、公婆深深鞠了一躬。她顿感两眼潮潮的，一股暖流涌上了心头：

"多么慈祥、善解人意、可亲可敬的二老啊！"

"给，这是祖传的玉佩，我婆婆传给我的，我现在传给你。也算是送给你的定亲礼物。"

在说话间，陈伟母亲从里间变戏法似的将两只打开的金黄色盒子摆放在董洁茹的面前。

陈伟妈揭开红绸："这个是纯正的土耳其猫眼玉坠，这个是祖传三代的正宗蓝田玉手镯。来，试试。"

说着，陈伟妈已帮董洁茹把玉坠挂上脖颈，把手镯戴到手上。"嗯，翡翠玉石配佳人，不错，漂亮极了。"

"哎呀呀，真好看！简直是一位漂亮的公主，摩登极了。"

陈伟在一旁打趣、拍手称赞。弄得董洁茹满脸红红的，羞羞的，浑身上下不自在，颇有些受宠若惊的感觉。

"伯母，这礼物太贵重了，我怎么好意思接受呢？您还是留着自个戴吧。"

"傻闺女，净说外气话。不给你给谁?!"陈伟妈温情地嗔怪道。

"是啊，一家人不说两家话，你就收下吧。这不，我还有一份礼物呢。"站着一旁的陈伟爸也随声说道。

说着陈伟爸将一个两寸见方的红绸盒子递到董洁茹的手上，"这是前天刚从亨得利钟表行给你买的瑞士欧米伽坤表，将来教书、工作用得着，你就不必客气了，这也是我们做大人的一点心意。"

事已至此，还说什么呢? 说什么都是多余的。她只能心存感激。

……

"当……当……"条案上的吊钟已指向 12 点整。

"只顾说话了，把吃饭都忘了。"陈伟爸显得有些不好意思。

董洁茹跟随陈伟一家人来到位于右首厢房的一间餐厅，丰盛佳肴早已由保姆王嫂摆好一大桌。鸡鸭鱼肉、虾蟹一应俱全。特别是海鲜，董洁茹确是有生以来第一次看到，更别提吃过了。是啊，在老家的穷乡僻壤哪有这些东西，见所未见，只在戏中听说过呀。

"吃呀洁茹，千万不要客气。"说着，陈伟妈已把一只黄橙橙的螃蟹夹到董洁茹面前的盘子里。

"伯母，我自个来。"

董洁茹和陈伟对着宽大的落地窗并肩而坐，拿着筷子却不知如何下手才好。

陈伟把蟹腿掰下，揭开蟹盖，里面露出了鲜嫩的蟹黄，又拿起不锈钢夹子咔嚓几下，一一夹破了蟹腿坚硬的外壳，又逐一放到了董洁茹的盘子里，然后说:

"蟹黄很好吃的，蟹腿肉白白的，高钙，高蛋白质，扒开用嘴吸着吃就行。"

董洁茹照着陈伟教的吃法，一连吃了两只，确实美滋滋的。

陈伟妈不停地给董洁茹夹着各样菜肴，生怕未来的儿媳饿着肚子。

就这样他们边吃边谈，其乐融融，其情更深，其情愈浓。

俗话说：儿行千里母担忧。从谈话间，董洁茹还是明确地意识到，陈伟父母最大的担心仍是陈伟舍弃这优越的生活条件随董洁茹到遥远的乡下，能否适应乡下的艰苦环境？能否吃了那份苦、受得了那份罪？因为，现在全国仍有不少地方还未从三年自然灾害中挣扎出来。

"等待儿子的是鲜花遍地的锦绣前程？还是艰难莫测的未来呢？"

他们二老也不能未卜先知，放心不下。

"伯父、伯母，您二老就放心吧，我一定会照顾好陈伟的。前几天我妈来信说，现在农村的日子比前两年好过多了，农村的粮食产量也提高了，各家分的细粮、杂粮已基本够用，何况将来我们俩还有国家的粮油供应，饿不着的，相信一切都会好起来的……"

"那我们就放心了。"

饭后，陈伟的父亲因为有事打了个招呼出去了。陈伟母亲又和董洁茹、陈伟慢条斯理、推心置腹地聊了半个下午。叮嘱他们俩凡事好处着眼，坏处着想；要他们宽以待人，严于律己；要勤奋工作，敢为人先，不图虚名；要相濡以沫、甘苦与共；等等。

"伯母，您想得真细、真周到。您说的我们都记住啦，我们一定会照您的要求去努力奋斗，一定会给双方的大人争气的。"

董洁茹忽闪着一双大眼睛，望着面前这位慈母仁心的长者，温柔地安慰着。

太阳已经西坠，夕阳的余晖透过院中古松稀疏的枝丫缝隙照射在雕花的窗棂上。

"伯母，我该回校了。让您受累了。"

"傻姑娘，哪里话。都自己人了，还客气干嘛?! 有时间可随时来。"

"好，谢谢! 我一定来看您二老。"

"晚上你们还有功课，我就不留了。路上千万注意安全!"

"放心吧，伯母!"

陈伟的母亲拉着董洁茹手，一直送出大门外，目送着陈伟用自行车带着未来的儿媳消失在熙熙攘攘的人流之后，才依依不舍地返回家中。

......

五

四年的大学生活箭一般逝去。

师院领导批准了陈伟、董洁茹和我回原籍工作的申请，我们三个心里都有说不出的高兴。我和董洁茹更有一种荣归故里、一显身手的自豪。

1964 年 10 月 6 日是我们离校启程的日子。

这天，陈伟的父母亲一大早就来到了火车站为我们送行，不，准确地说是在为陈伟和董洁茹送别。我和董洁茹的行囊都很简单，每人一个帆布包，装着以后备用的书籍、资料和简单的日常用品。而陈伟却不同，一只藤条编织箱、一只皮革提箱，看上去沉甸甸的，不知装的什么东西。

"是否是爹妈给你的结婚礼物?"我凑到陈伟跟前咬耳问道。

"去去，别拿我寻开心。"陈伟狠狠推了我一把。

陈伟父母看到我和陈伟开玩笑，竟走近我想和我打招呼。

"请问这位是？"

陈伟父亲问陈伟。

"噢，江志中，我的校友，和洁茹同乡。"

"好，好！缘分。"陈伟的父亲说着已伸出右手。

"伯父您好！"

我礼貌地跨向前去，握住老人家温暖的大手。

"好，好啊！多个朋友多条路，朋友多了路好走嘛。这次陈伟初去，还劳你多帮帮他哟。"

"请您一百个放心，我们都是好同学、好朋友，我们会相互帮助，互相关心的。"我说。

陈伟的父亲欣慰地点点头说："好好好。这下我们就放心啦！"

再看身后，陈伟的母亲紧紧拉着董洁茹的双手，似有千言万语要向她托付。她们四目相视，各自神情凝重，眼里仿佛都涌动着饱含深情、难于言表的泪水。

正在这时，突然看到从天桥上跑下来一个身披咖啡色风衣，戴着蓝灰色鸭舌帽的二十多岁的小伙子，提着两大网袋东西，气喘吁吁地来到我们跟前。

"会长，东西买来了。"

"小江，这是我让司机给你们买的水果、饼干、面包，好路上吃。"

"伯父，您想得真周到。谢谢您哪！"我赶忙致谢。

"在家千日好，出门一时难嘛。有备无患，免得在车上饿肚子。"

"嘟嘟嘟！"开车的哨音响了。

"爸，请原谅儿子不孝。"

只见陈伟快步向前抱住父亲，两行愧疚的眼泪倾泻而下，已哽咽不止。

父亲抚摸着儿子的头，温和地说道："好了，好了。已是大人了，你有自己选择人生道路的权利，爸爸尊重你的选择。快和你妈打个招呼上车吧。"

陈伟扑向母亲的怀抱，紧紧搂着母亲泣不成声，竟忘了周围人的存在。我和董洁茹呆呆地看着眼前发生的一切，不知道怎么安慰他们才是。其实，说什么都显得多余。

"爸，妈，您二老多保重！"

陈伟抹抹眼泪，向父母深深地鞠了一躬。

"儿子，你也保重，要善待洁茹，孝敬她的母亲。不要总惦记我们。走吧！"

陈伟妈，用手绢擦着眼泪，故作镇静地安慰着儿子。

……

车缓缓开动了。陈伟和董洁茹将头伸出窗外向老人挥别：

"爸，妈，快回去吧。一到那里我会及时给你们写信的。"

"伯父，伯母再见！每逢假期我们一定会来看你们的。回去吧！"

"再见，再见，再见……"

汽笛长鸣……哐当哐当的车轮正在加速。当我探头往窗外后方看时，远处陈伟父母挥动的手臂仍然没有放下的意思……顿时，我也被感动得热泪盈眶。

"或许这就是我们常说的难分难舍的骨肉亲情。"我想。

……

大约一个月之后，我们三个人的工作都得到了落实。董洁茹和陈伟被同时安排到县一中教书。董洁茹教语文和历史，陈伟担任四个高中班的音乐教师，我则被分配到县委宣传部工作。就这样，除做好各自的工作之外，闲暇时我们同学间常有小聚。老朋友在一起，聊工作，聊生活，回忆过去，畅想未来，海阔天空，无拘无束。为了工作和生活更加方便，我曾问起他们何时完婚。董洁茹表示不着急，他们计划工作两年后稍有些积蓄后再办不迟。

"那可苦了陈伟啦。"我说。

"他苦什么，脱下的脏衣服还不是我替他洗，破了我来缝吗？就连熏黑的煤油灯罩也是我来擦。"

"从小到大谁见过那玩意，黑黑乎的，搞不好还要烧焦眉毛。"

陈伟在一旁附和着，窃笑着。

那时我们县还没有接通大电网，仅有的一台柴油发电机还不够县机关夜间办公和路灯照明用。电灯、电话仍是老百姓想也不敢想的洋玩意。农村种地收割仍处于半原始、半封建的落后状态，条件好的畜耕，没条件的只有人拉犁耙、面朝黄土背朝天了。每逢夏秋收割季节，这种场面遍及乡下每一个角落，已成为一道"亮丽"的时尚风景。《朝阳沟》中还有"我扶犁来，你拉耙"一说，何况我们这里了，司空见惯，平常得很。特别是磨面，不是驴拉石磨就是人推磨。天长日久推习惯了，累了闭上眼睛，双手扶着推磨杠，用肚子抵着杠杆，半醒半睡还能推个把钟头不停。我和哥哥十几岁就学会了这本事。那时，像我和董洁茹这样连囫囵衣服都穿不起的穷孩子能考上县一中，已是凤毛麟角，令人羡慕无比的天大喜事了。

穷则思变。我至今笃信知识能改变一切。

陈伟和董洁茹刚到我们一中工作，一开始就面临着工作与生活上的诸多不适应，他要逐步克服大城市和小县城的各种生活落差。生活上的不适应，可以随着时间的推移慢慢克服，可教学硬件的匮乏曾使陈伟一筹莫展。教音乐的，一所偌大的一中，竟没有一把小提琴、一把单、双簧管，更别说一架教学的钢琴了。现有的只是一台漏气、走调的破旧手风琴和两只竹笛。为了解决这窘迫的难题，他硬是托父亲在渤海市琴行花一千多块钱自费买了一架二手钢琴。在当时，一千多块钱可不是小数目，可是一位中学教师近两三年的工资。

爱，给他们以力量，给了他们战胜一切困难的勇气。他们以苦为乐，以苦为荣。各自的工作都做得有声有色，得心应手。他已将自己的一切交给了党和国家，把全部的智慧奉献给他们挚爱的教育事业。我从心里由衷地羡慕他们、祝福他们。

有了钢琴，对陈伟来说无疑是如虎添翼。在课堂上，他给学生讲什么是 C 大调，什么是 D 大调，讲 C 大调和 D 大调的区别，讲二者音色的不同；什么是大和弦和小和弦，什么是自然小调、和声小调，小调在主音特征上的表现等乐理知识。有时讲着讲着，像作家忽然来了灵感，讲得眉飞色舞，听得同学们着了魔似的。特别是当他演奏阿炳的《二泉映月》和柴可夫斯基的芭蕾舞剧《天鹅湖》的曲目选段时，整个教室都沸腾了，同学们欢呼声此起彼伏。是啊，那委婉动听、荡气回肠、扣人心弦的乐曲，从他那娴熟的指间流出，怎能不令同学们沉醉、痴迷呢？这些高雅音乐，他们以前根本闻所未闻，听所未听。

为不致因上音乐课影响到其他教室，打这以后，每逢音乐课，教室都要关严门窗，点上汽灯。从此，陈伟的音乐课水准和他的音乐天赋得到了广大师生的一致认可。自然，全校的各项文娱活动也相应多了起来，愈加丰富多彩。

然而，陈伟对此并不满足，总感到自己还有很多劲儿没使出来，总嫌自己工作做得太少。于是，为使董洁茹抽出更多的时间，储蓄更多的精力备好课、教好学，他主动把批改学生作文的任务承担下来。遇到自己一时拿不准的字句或如何下批语更合适一些的情况时，他就会问董洁茹："哎，洁茹，你看这样改合适不？……下这样的批语行吗？"

这样一来，往往需要他们经过一番共同的研究、商讨才下批语，生怕下错批语，误导了学生。

"这个学生的作文写得不错，文笔好，观点明确，有新意，要好好引导，好好培养。说不定将来会成为一名记者、一名作家呢。"

"对，这个学生平时爱观察事物，肯动脑筋，文笔很好，是个可塑性很强的好苗子，可以在他身上多下点儿功夫。"

"这个学生的基础差，可否单独开个'小灶'，重点帮帮他？"

"是啊，可以试试。"

……

在工作上他们互相帮助，在生活中董洁茹给予陈伟无微不至的关怀和体贴，无论妈妈给她带什么好吃的东西，她都要分给陈伟一份，然后把剩下的拿出来和师生们共享。如果陈伟吃不上，她就觉得心里头不舒服。

是啊，为了她，他放弃大城市优越的生活和工作环境，撇下父母，心甘情愿地跟她到这贫穷落后的小县城吃苦受罪，已经使她心理上背负了沉重的负担。因此能关心、能照顾他的地方她都做到了，她不愿他受到丝毫的委屈。只有这样，她才能够安抚自己愧疚的心。

1965年春节刚过，董洁茹光荣地加入了中国共产党，并被评为全县优秀教师。毫无疑问，这是对她工作成绩的最高褒奖。至于陈伟虽说也获得了校优秀教师称号，但入党申请书却被县委组织部退回来了，说是资本家出身的知识分子表现再好，也必须经过长时期的考验才行。尽管如此，也算是对他这位外来知识分子的最大鼓舞和安慰。在那"唯成分论"的年代，一些出身不好的人很少有这种非分之想。因为他们了解自己，也正视这一残酷的现实。那时，不少优秀的年轻人，别说入党，即便是当兵、当工人、考大学也会被拒之门外，不予录用。

为了生活和工作上的方便，在我的反复鼓动下，这年底他们到城关民政部门办理了结婚登记手续。他们懂得爱情的珍贵，同时更珍惜精力充沛的青春美好时光。他们有爱的渴望，但没有市侩、低俗的夫妻情欲渴求。为了能更多更好地为党的教育事业做些贡献，他们没有立即举办结婚典礼仪式，而是推迟到1966年的春节。

对于他们的决定，一中不少人表示理解、赞同，可也引起少数带着有色眼镜的人的非议，认为这是一种"轻率"之举。譬如，有的人认为董洁茹不自重，简直是糊涂了，一个堂堂大学生、共产党员、烈士的女儿，怎么偏偏爱上一个资本家的儿子呢？

校长顾大舟便是其中之一。

开始，董洁茹并没有把她和陈伟的婚事告诉母亲。她深知母亲是一个具有一定阶级觉悟的人，而且是一位"唯成分论"和怀有朴素阶级感情的典型代表。她对党和国家有着深厚的感情，对地主、资产阶级怀有海一般的深仇大恨。因为，地主恶霸曾使她自幼失去父亲，日本鬼子又夺去了她丈夫的生命。

现在，倘若她得知自己的宝贝女儿爱上了一个资本家的儿子，并且办理了结婚手续，非得气晕不可。轻则会把女儿臭骂一顿，然后痛哭一场；重则宁死不愿，进而棒打鸳鸯，使他们处于进退两难的尴尬境地。母亲的脾气她是了解的。

董洁茹虽曾偕同陈伟看望过妈妈两次，但都是以同志、同事关系出现的。很自然，每次妈妈总会以待客之礼热情相待，做很多好吃的东西招待他。炸枣糕，炸油膜，炸绿豆面萝卜丸子，等等。除了吃饱，临走还总是让捎带一部分回学校吃，说这些都是大城市没有的东西。有时，妈妈免不了当着女儿的面赞赏陈伟几句，夸他帅气、礼貌，谈吐、举止跟戏里的状元秀才一样招人喜欢。每逢这时陈伟总是红着脸笑笑："伯母您太高抬我了，我怎么好和书里、戏里的才子相提并论呢?!"

闲聊间，董洁茹母亲也曾问起过陈伟处没处女朋友，陈伟只是笑笑说：

"谈了一位女同学，不知能否谈成。"

"能成，准能成。一个才貌双全的大学生，人见人爱，打着灯笼都难找，哪有不成的道理?"

"顺其自然，看缘分吧。"陈伟慢条斯理地说道。

"还看啥缘分，只要俩人对心思，合得来，准能成。啥时候凑时间，不妨把她领来，让大娘也相相（看看的意思），帮你们撮合撮合?"

"好吧。瞅机会，我一定带她来看您老人家。"

每逢这时，董洁茹总要诡秘地剜陈伟一眼，警示他千万别说漏了嘴，砸了锅，这可不是说着玩的。一旦这双簧戏演穿帮，就有可能演变为棒打鸳鸯的悲剧，其后果难以预料。

感情的熬煎是痛苦的。每当此时，董洁茹和陈伟虽都强颜欢笑，可心里却似打碎了五味瓶那样难受。

世间哪有父母不关心儿女的？有一回，还是妈妈实在沉不住气问董洁茹："小洁呀，你已二十四五岁了，也该为自己的终身大事考虑考虑了。你自幼失去了父亲，没有兄弟姐们。赶快找一个你我都称心如意的男朋友，我心里也就踏实了。后庄你表妹穗儿比你还小一岁，可人家的儿子已上一年级了。"

董洁茹冲母亲笑笑："娘啊，您老就放心吧，女儿会考虑的。一定为您挑一个聪明、能干、有作为，让您称心如意的好女婿。"

"那好。现在时兴婚姻自由，娘由你自个作主，找好了，领来让娘瞧瞧。"

说罢，妈妈会心地笑了。

董洁茹不敢说出陈伟就是她所选择的如意郎君。她知道，一时还打不通母亲的心结。她合计着：一旦结婚了，生米做成熟饭，母亲至多臭骂她一顿，生一场气，到时再慢慢地做她老人家的工作，会更合适些。何况，母亲平时还挺赏识陈伟的，她相信妈妈最终会接受的。

可是，她设想的太天真、太幼稚，事情并非如此简单。一场家庭风暴在等着她。

一个星期六的晚上，董洁茹没有回家，她像往常一样在和陈伟共同研究唐代大作家杜牧的《阿房宫赋》的讲义。

"陈伟你看，前天广播电台阅读和欣赏节目中播送了这篇赋，还附有我们当代作家臧克家的评介呢。我边听边记了一些，可惜记得不完整，唉，如果有台录音机该多好啊。

"读起来真来劲，真是朗朗上口，'六王毕，四海一，蜀山兀，阿房出。覆压三百余里，隔离天日。骊山北构而西折，直走咸阳。……五步一楼，十步一阁；廊腰缦回，檐牙高啄；各抱地势，勾心斗角。……'真是突兀有力，如泰山压顶。难怪我们的作家臧克家说，'《阿房宫赋》的优胜之处，就在于它既有情，又有义，文词华丽，想象丰富。'他还说，'这篇赋夸张而不淫靡，议论而不干枯；写得有情有理，刚柔相济，它所以能够打动人的原因就在这里'。"

"对！说得多好啊。"陈伟回答道。

"咚咚咚！咚咚咚！"随着几声敲门声，青年男教师高志国走了进来："董老师，有人找你，说你母亲生病，让你马上回去。"

"好。谢谢！我这就回去。"

"要不我陪你回去？"陈伟用征询的目光看着她，有些紧张。

"不用了，我自己行。再说还有家里的来人作伴。你就安心备你的课吧。"

"好。天黑，路上千万小心！"

"放心吧！没事。"

董洁茹急匆匆地和邻居家小刚跨上自行车，很快便消失在夜色苍茫之中。学校虽说到家里只有不足十里路程，但由于天黑，疙疙瘩瘩的乡间土路，骑着自行车犹如在浪中荡舟，栽栽晃晃的，几次差点跌倒……

等董洁茹慌里慌张、满头大汗进了家门，推门进屋，啊？屋内冷冰冰的，没有点灯，黑黢黢的，没有一点动静，空气死一般的寂静。她顿觉头发稍往上长，一种不祥之兆涌上心头。

"莫非……"

她一时顾不得多想，竟发疯似的扑向母亲的内屋。

"娘……你咋的啦？"人未到，凄惨的呼喊声已传到里边。

"嚎什么？娘还没死呢。"

她定定神，看到微弱的棉油灯光下，母亲正怒容满面地冲着自己。怎么还有顾大舟，顾校长？他面无表情地呆坐在一把木椅上抽着纸烟。

董洁茹浑身打了个寒战，从头顶一下凉到了脚跟。她很清楚，一场不期而遇的争吵就要开始。

一阵长时间的沉默过后，董洁茹的母亲声色俱厉地斥责道："亏你还是来了。你知道叫你来干啥吗？"

"……"董洁茹没有吱声。

"听说你谈上对象了，并且还登了记。是不是真的？"

"嗯。"

"哼！不争气的东西。"

"娘，你不是同意吗？"

"我同意什么啦，啊？"

董洁茹母亲端起手中的搪瓷茶缸在桌子上狠蹾了一下，大声吼道。

"你不是要我自个做主吗？"

"让你自个做主是让你找一个根红苗正、老娘满意的对象。"

"陈伟他有什么不好？"

"好！好！好一个资本家的崽子。你外公是咋死的？你爹是咋死的？你都忘了吗？你可知道，我们家和地主、资产阶级有着不共戴天的深仇大恨哪！"

"是啊洁茹，你可不能阶级不分哪。"

顾大舟冷不丁地插了一句。

"这和陈伟有什么关系？"

董洁茹反问了一句接着说："不错，我承认地主、资本家有剥削，有罪恶。可是，像陈伟这样的人，他虽出生在资本家的家庭，却是长在新社会，他何罪之有？顾校长，你不是也一直认为陈伟工作积极、踏实、能干，为人正直、忠厚吗？是一中难得的人才吗？"

"这……这……这个……常言道：人在矮檐下，怎能不低头。也许……也许他这是出于无奈吧？毛主席不是说过，要警惕披着人皮混进革命队伍里的狼吗？"顾大舟开始狡辩。

"卑鄙，简直是人身攻击，无稽之谈。"董洁茹强压心中怒火。

"顾校长，照你们说地主资本家出身的子女就没有好人啦？陈伟家过去虽说是资本家，可人家是渤海市有名的红色资本家，对国家对人民可是做过突出贡献的，人民政府给他们授过"精忠报国，万世流芳"牌匾的。不都像你们认为的'天下乌鸦一般黑'。不信，组织上可以派人去调查嘛。刘少奇的夫人王光美不是大资本家出身？荣氏家族怎么样？周总理不也是出身于大家吗？鲁迅、郭沫若也不是出生在平常百姓家庭。出身不由自己选择，重在后天表现，这个道理想必校长比我们理解得透，是不是顾校长？"

"这……这……他表现是可以。不过，我看他是出于无奈吧。常言道：人在矮檐下，怎肯不低头。或许他是在伪装、作秀呢？"

顾大舟仍在狡辩。

"笑话。他甘愿放弃大城市优越的生活和工作条件，铁了心跟我到这穷乡旮旯受苦、受罪图的什么？还不是和我志同道合，一心一意投身到基层教育事业，为改变我们这里的落后面貌，更多地培养、造就对国家、对社会、对人民有用的一代新人吗?! 您说他是伪装，好，那你就在我们一中一百多号教师中间挑选几个，让他们也装装看。有吗？保证一个没有。"

对于董洁茹的义正词严，顾大舟一时无语，只顾默默抽起烟来。狭小的空间充斥着烟雾，直呛得她们母女一个劲地咳嗽。

"好，也许你说得对。"

顾大舟说着将烟蒂丢到地上，用脚使劲搓了几下接着说：

"洁茹啊，我是你的入党介绍人。你知道我对你抱多大希望吗？你聪明能干，上进心强，在广大师生中有很好的口碑，你是很有前途的。可是，在对待和处理婚姻问题方面太不慎重，过于草率。俗话说，识时务者为俊杰。在现实社会，成分好坏能决定一个人一生的命运。如果你你继续固执己见，偏要和这个资本家出身的陈伟结合的话，势必会给你的将来带来不堪设想的损失。作为领导，作为长辈，作为远房亲戚，也是为你个人的前途考虑，我还是劝你忍痛割爱，尽早和陈伟解除婚约，也希望你以后别再找教师处对象。"

听到这儿，董洁茹以一种气愤、惊诧的眼神盯着顾大舟：

"什么？你咋能这样说话？我现在可以明确地告诉你，要我和陈伟解除婚约办不到。校长，陈伟的出身好坏暂且不论，我想问你，我们从事教育工作的，为什么偏偏自己看不起自己，自己把自己看扁了呢？你不是总说教师是人类灵魂的工程师吗？你不是总教育我们爱岗敬业，当好教育战线的园丁吗？你今天是……"

顾大舟被董洁茹连珠炮似的质问问得无言以对，窘迫、无奈地摊摊手臂，长长地嘘叹了一声，看看董洁茹的母亲。

"好啊，不知好歹的东西。放着阳关道你不走，偏要沿这独木桥。不听老人言，吃亏在眼前。既然你执迷不悟，那好，你就走着瞧。如果不和姓陈的断绝关系，以后休想进这个家门，全当我没你这个闺女。"

说着董洁茹母亲失声痛哭起来。

"滚，你快给我滚……"

"走就走。"

董洁茹一阵难以名状的痛苦涌上心头。她"砰"地带上房门，哭着冲出这令人窒息的家。

……

夜，犹如黑色的瀑布从天而泻，黑得令人恐惧，似乎这黑夜的一切对她都是残酷的。只有那若隐若现的星辰眨巴着眼睛，好像领悟了姑娘此时痛苦而复杂的心境。

在那无情的、令人毛骨悚然的黑色的夜里，董洁茹感到天旋地转，眼冒金星。她已顾不得害怕。当她骑着自行车跌跌撞撞好不容易摸回学校，天已过三更。她心力交瘁地带上房门，一头扑倒在床上，再也控制不住自己的感情，拉上被子蒙上头，大声痛哭起来。

她哭一阵，想一阵。妈妈的斥责、痛骂，顾大舟的"好言相劝"仿佛仍在耳边回响。她想到陈伟，可怜他，同情他。"难道我真的敌我不分、爱憎颠倒了吗？陈伟明明是好人哪，为什么人们要用有色眼镜看他呢？……"

朦胧中，她似乎看到陈伟瞪着一双充血的泪眼在愤怒地大声斥责她：

"我不该跟你到这儿来，我上当了……董洁茹，你这个伪君子……"

她太伤心了，太无助了。大颗大颗的泪珠滚落在洁净的枕巾上，好像有一根心弦被割断似的。

"爱情本来是圣洁美好的，它能给你幸福，给你力量。可对于我来说，何以如此的不公平？"

董洁茹心里痛苦极了。她在这爱恨跌宕的思绪波涛中沉浮辗转着，熬煎着……

从此以后，她的歌声消失了，笑容不见了。两汪湖水般清澈明亮的大眼睛布满了血丝，变得呆滞、暗淡，显现出无限的忧郁和哀伤。好长一段时间，她没再找陈伟一起做他们认为那"神圣"的工作。

陈伟因为受到了顾大舟的"警告"，虽和董洁茹近在咫尺，却不敢贸然跨进她的房门。即使偶尔相遇，也总是故意回避她，这使董洁茹愈发感到痛苦。不，不仅她痛苦，她想陈伟心里能好受吗？就这样，一对心心相印、情投意合的男女，并且是办了合法手续的夫妻，被人为的高墙暌离了。那时，没有他们爱的自由，没有爱情的位置。痛彻心扉的爱情令他们难于驾驭，两颗善良、圣洁的心在流血。然而，他们都心如明镜，并有了一致的心灵默契：既然缘分注定，就将坎坷同担。

……

六

1966 年 8 月，"文化大革命"的惊涛骇浪席卷全国，很快便波及城镇、乡村，以及机关、厂矿、学校。一时间，各种名号的红卫兵造反团、战斗队雨后春笋般应运而生，人们像着了魔似的纷纷加入红卫兵组织，而且青年人大都以参加红卫兵组织、成为红卫兵的战斗一员为"无尚的光荣"。县一中也不例外，成立了以校长顾大舟为首的"卫东造反团"。学校全部停课闹革命，个别年轻教师带领一些激进、狂热的学生参加了全国大串联，过上了白吃、白喝、白住，免费乘车的短暂的"文革共产主义"生活。有的还真的到北京荣幸地受到了毛主席百万红卫兵大接见了。

举国一片红，"文化大革命"的热浪在升级。

1967 年年初，"文化大革命"在全国每一个角落肆虐、泛滥开来。对资产阶级、地富反坏右的孝子贤孙、资产阶级的残渣余孽，不分青红皂白，要统统打倒、批透批臭，使其永世不得翻身。在那非常时期，非常的政治生态环境下，带有资本家出身"污点"的陈伟自然很难逃此一劫。经过校"卫东造反团"领导的所谓"筛查、甄别"，陈伟被列为头号批斗对象。

记得第一次批斗陈伟是在当年农历祭灶的头天晚上。那天晚上，凛冽的西北风夹裹着雪花，打在人的脸上，浑身上下冷飕飕的，鼻脸酸痛。晚饭刚过，参加批斗会的红卫兵和看热闹的人群已占了半个操场。人们三五成群地交头接耳议论着什么，搓手跺脚地驱赶着难耐的寒气。那时候学校还没有用上电，用杉木杆子挑着的两盏汽灯被风吹得摇摆不定、忽明忽暗，几近熄灭。整个批斗现场显得格外肃杀、清冷。

"大家请安静！红卫兵战友们，与会的同志们，我们的批斗会

178

马上就要开始了。在批斗会开始之前，首先祝愿我们伟大领袖毛主席万寿无疆、万寿无疆！敬祝林副主席永远健康、永远健康！现在，让我们高唱革命歌曲《大海航行靠舵手》，预备，起……"

循声望去，身着绿军装、戴着红卫兵袖标的顾大舟正嘴对铁皮广播筒，鼓着肚子冲着在场的人群发号施令。

"批斗会开始！把资本家的孝子贤孙，混进县一中的走资派陈伟带上来。"

红卫兵副司令、高三班的胡亚华站在木凳上用嘶哑的声音吼叫着。

胡亚华的话音刚落，穿着单薄，戴着用白纸糊成的高级帽的陈伟，已被扎着武装带的两个红卫兵拧着胳膊，架上了八仙桌子。

"打倒资本家的孝子贤孙陈伟，无产阶级专政万岁！"

人群中传出一阵稀里哗啦的口号声。

"我不是反动资本家出身，我们家对国家是有过贡献的。我……"

没等陈伟辩解完，左右站立的两个红卫兵已狠狠地把陈伟的脑袋摁下，并将他跌到地上的近视眼镜踩得粉碎。

"坦白从宽，抗拒从严；敌人不投降，就叫他灭亡。"

又是一阵无理的嚎叫声。

"我背井离乡，一心一意到这教书，我何罪之有？我没有错，要我坦白交代什么？我……"

陈伟挣扎着身体，扭过头喃喃说道。

"你这个不思悔改的臭老九，叫你不老实交代……"

说着，一红卫兵狠狠地在陈伟的腿弯处蹬了一脚，使他"哎呀"一声跪倒在地上。冷与痛的折磨使他浑身发抖。现场出现了一阵骚动，发出了一阵不平的唏嘘声。

"要文斗，不要武斗！"

董洁茹和几位同情陈伟的师生发出了正义的呼喊。

陈伟强忍着寒冷与肉体和精神上的痛苦折磨，满脸煞白。他再也支撑不下去了，感到一阵眩晕，险些跌到地上。只见蜷曲着身体横卧在桌面上，发出了长长的痛苦呻吟……

"他在装狗熊，起来……"

胡亚华凶神恶煞般吼叫着，在陈伟屁股上狠狠踢了一脚。

"住手！你算什么红司令，简直是目无王法，是法西斯，是流氓。"

董洁茹发疯般冲上前去，一把将陈伟抱进怀里，像斗红了眼的勇士，怒斥着胡亚华。

"董洁茹，你不要爱憎不分、敌我不辩，袒护资产阶级敌人。你要为你的言行付出代价的。"

胡亚华声嘶力竭地冲着董洁茹威胁道。

"随你的便，有种斗我好了。"

不知董洁茹哪儿来的胆量和勇气，她一边以鄙视的眼光怒视着面前凶神恶煞的红卫兵副司令，一边搀扶起陈伟，象劫法场那样将心上人拖离了批斗会现场。顾大舟一干人马个个像泄了气的皮球，顿时没了招数。只能张飞看针鼻——大眼瞪小眼，眼睁睁看着陈伟被救走。是啊，对待陈伟他们可以嗤之以鼻、打倒批臭，而对于身为烈士子女、根正苗红的董洁茹，他们还不敢过于造次。

于是，对陈伟的第一次批斗就这样草草收场。

……

"这叫什么革命运动啊？简直是良莠不分，怀疑一切，打倒一切。唉，到底我该怎么办哪？"

回到宿舍，陈伟一百个不理解，木讷地望着正为他擦脸的董洁茹。

"可不是吗，全国都是这样，北京不是在批刘、邓，批彭德怀吗？我想既然是运动，就会像一阵风似的，过一阵也许就过去了。那么多大人物都难逃一劫，何况我们这无名之辈？陈伟呀，常言道：英雄不吃眼前亏，小不忍则乱大谋。大丈夫能屈能伸，为不再受皮肉之苦，我劝你还是唯心地给他们'认个错'，应付应付。忍一忍，不会长久下去的。"

"好男人宁折不弯。我有生以来还未曾做过一件亏心事，说过一句违心话。我认为那是对自己人格的亵渎，我办不到。"

"识时务者为俊杰，韩信尚且能忍受'胯下之辱'，你何必这样执拗呢？"

"……"陈伟保持沉默。

董洁茹尽量找话安慰他、开导他。但忐忑的心情却难以平静下来，"顾大舟他们能就此罢休，放过陈伟吗？肯定不会。也许会变本加厉地穷追猛打并趁机报复他的。"她想。

她不知如何安慰他才好。她曾动过让陈伟请年假回渤海探亲、避避风头的念头，但马上又否定了自己，她料定红卫兵组织绝不会准假。不辞而别更不可取，那样会给陈伟带来"畏罪潜逃，罪加一等"的祸患。难哪，他们有些绝望。两双眼睛茫然地对视着，无助的泪水潸然而下，滴滴流进了心里……

果不其然，正如董洁茹所料。第二天早上，当董洁茹提着刚到食堂买的包子、稀粥走到陈伟宿舍门前的时候，眼前发生的一切比她想像的还要糟糕。陈伟的房门及两侧墙上贴满了大字报，门被糊得严严实实，门两旁还站立着两个穿着绿军装的红卫兵。

"这怎么让人进去呀？"

董洁茹强压胸中怒火愤怒地质问。

"哼，别说你别想进去，就是他也别想随便出来。"

一个蓄着小胡子、带着红袖标的青年学生阴阳怪气地说道。随后又用毛笔在门上贴着的大字报上划上"保留七天"四个红色大字。

"你们这不是画地为牢吗？"董洁茹气愤地质问。

"什么画地为牢，对待资产阶级就该这样。"小胡子振振有词地说。

"好，算你们厉害，算你们有理。"

董洁茹说罢，愣愣地站在那里，不知如何是好。心里窝着一肚子火，无处发泄。

贴大字报的小将们嘻嘻哈哈地闹着走了。董洁茹横下心来，冲着木门狠命一脚，"砰"的一声门开了。只见陈伟两手捂着脸，耷拉着脑袋坐在床边，像一尊泥塑一动不动。

"陈伟，来，快起来，吃点儿东西。"

董洁茹把买来的早餐放在桌子上，用力拽起陈伟。

"你吃吧，我实在一点胃口也没有。"

陈伟揉揉惺忪的眼睛，缓缓地说道。

"那哪成啊，人是铁，饭是钢，你已经两顿没吃东西了。这样下去，你会垮掉的。吃点吧，为了你，为了我，我求你啦！啊?!"

董洁茹满眼泪花，一直在劝慰着陈伟。

在董洁茹苦口婆心的劝导下，陈伟刚端起饭碗刚喝了两口粥，呼啦啦闯进七八个红卫兵，像解放前国民党抓壮丁那样，不分清红皂白，架起陈伟就走。等董洁茹慌里慌张带上房门，气喘吁吁赶到操场上时，发现陈伟已带着高级帽站在桌子上，并且被迫做了"喷气式"：脖子上用细铁丝系了近50公分见方的厚木板，上面用黑体字写着"现行反革命、资本家陈伟"，名字上还打了红叉叉。

陈伟的脸变得死一般的苍白，大冷的天，满脸豆粒般大小的冷汗珠子顺着鼻洼、脖颈往下淌。

"你们这是污蔑人格，是法西斯行为！"

董洁茹哭喊着，不顾一切地拨开人群往前闯，试图保护陈伟，但早已被几名身强力壮的红卫兵挡住了去路。

那时公、检、法机关被砸烂，红卫兵组织执掌着生杀大权，他们的话就是"王法"。可以随意给他们认为的专政对象扣帽子，罗列各种莫须有的"罪名"，批倒批臭，甚至投进监狱、草菅其生命。

据说当时红卫兵造反派给陈伟加了四项罪状。一是撕大字报反对文化大革命；二是修正主义教育路线的黑线人物、地主资本家的孝子贤孙；三是腐蚀、拉拢共产党员（暗指董洁茹）；四是兜售西方资产阶级淫靡音乐，为复辟资本主义鸣锣开道。听说这第三条罪状是顾大舟加的。因为，他"识时务"、"觉悟早"、"顾大局"，不但检讨自己"过去不该批准陈伟成为县一中的优秀教师"，甚至承认自己充当了资产阶级、修正主义"反动路线"的吹鼓手，以至于在检讨时"声泪俱下"，真可谓"触及灵魂"。不仅如此，他还"反戈一击"，主动检举、揭发其他两位出身富农家庭教师的"错误"言行。这样一来，他不仅免受了"资产阶级当权派"坐"喷气式"的批斗之苦，而且还得到了广大红卫兵战士的宽恕和谅解，以至后来竟堂而皇之地荣登县一中革委会主任的宝座。

批斗会上，造反派们要陈伟承认、交代"罪行"。但他宁死不肯"低头认罪"，始终保持沉默。

"反动派不投降，就叫他灭亡！"

一群打手声嘶力竭地呼喊着，紧接着是一阵霹雳啪啦的拳打脚踢。陈伟像一只任人宰割的羔羊，瘫倒了被拽起，一阵拳脚下去又瘫倒……

陈伟没有反抗，反抗有何用？他没有呻吟，也没有痛苦的呼叫，只有咬牙坚持着，忍受着这一切凌辱之苦。

我想，当时如果陈伟听董洁茹的劝告，能言不由衷地承认"我有罪、我该死"的话，就不会再遭此皮肉之苦，少受些折磨。但，他不是这种脾气。大是大非面前，他宁为玉碎，不为瓦全。

由于他"不老实"，"拒绝交代"问题，就被掀了几个跟头，领教了"无产阶级专政的铁拳和脚踢"。

那时董洁茹真可谓看在眼里痛在心上。每当红卫兵打陈伟一拳或是踢他一脚，她心里就一阵颤栗，好像打到了自己身上。她多么想冲上台去，替他辩解一下，说'撕大字报是我干的，不关陈伟的事'，哪怕是为他分担一点痛苦，起一下盾牌的作用也好啊。然而，她是聪明的，她没有站上去。她深知，如果站上去，轻者会承担"包庇反革命和资产阶级同流合污"的"罪名"，重者免不了也要挨上几拳或被剪了头发，甚至被批斗、游街示众。她知道那样做不仅对陈伟没有什么补救，而且换不来造反派们的一丝同情。她没有做这无谓的牺牲，只能眼睁睁看着，在一旁暗自流泪。欲加之罪，何患无辞啊？

……

两年来无数次的批斗，陈伟还是"执迷不悟"。用造反派们的说法，他"顽固不化，不思悔改"，"顽抗到底，死路一条"。

由于经受不了旷日持久的精神与肉体的双重摧残，陈伟病倒了，精神已濒临崩溃的边沿。他躺在县医院的病床上，两眼呆滞地盯着天花板，若有所思。他远离家乡，身边没有父母，没有兄弟姐妹的陪伴，一切痛苦、磨难都要自己忍受。他太孤独、太寂寞了。唯一的心理慰藉是朝夕相伴在身边的董洁茹——他赖以生存的精神支柱。

"我是为她而来，为事业而来。难道我错了？没有她，我断然不会来到这举目无亲的陌生之地。是爱让我舍弃了一切。痛彻心扉的爱情啊，为什么令人这般难于驾驭呢？难道我就这样稀里糊涂地交代了吗？"

此刻，陈伟产生了"宿命论"的想法，思想情绪低落到了极点。"洁茹，让你受连累了，对不起。我不会给你带来幸福的，只能给你带来苦难。就让时代和命运的激浪推着我到我该去的地方好了。我不能再拖累你了，那样我会遭到良心谴责的。纵然有一天我去见马克思，我也没什么遗憾了，我们曾经爱过，爱得那样真诚，那样执着。在孤独的时候是你给我安慰，在寂寞无助的时候是你给我温暖。有了这些我已经满足了。谢谢你呀，洁茹！"

说完，两行热泪顺着他扭曲的面颊滚落下来。

"陈伟，你都胡说些什么？不是你连累了我，而是我连累了你。我悔不该让你跟我到这鬼地方受苦、受罪，明明是我对不起你。每当我看到你遭此厄运，我的心都碎了，你知道吗？"

说着，董洁茹伏在陈伟的枕边已泣不成声。

知音共呼吸，患难见真情。一对甘苦与共的恋人，不，一对命运多舛的夫妻紧紧地拥抱在一起，伤感的泪水融汇在一起。董洁茹紧紧拥抱着陈伟，想给他温暖，给他生的勇气，给他爱的力量。

……

七

一天晚上，董洁茹在宿舍为陈伟煎好中药，正要提着陶瓷药罐去医院，顾大舟满脸堆笑地敲门闯了进来。对于这位不速之客的造访，她简直厌恶透了。她曾闪过下"逐客令"的念头。但为了不使正处于风口浪尖的陈伟再遭迫害，她竟忍了。于是，强颜欢笑相迎：

"哟，顾校长，您可是稀客呀？请坐。您好久不到我这小庙来了，有什么指示尽管说，我保证洗耳恭听。"

说完，董洁茹给顾大舟倒上一杯开水。

"自然，自然。唉，你对陈伟的一片真情我是理解的，并且深表同情啊。唉，有什么办法呢，我们也是不得已而为之，爱莫能助啊。因为，他是资本家的儿子，是无产阶级专政的对象。噢，给他药煎好了吗？真够你辛苦的了。"

"没什么，这都是我自找的。谢谢您的关心。"

董洁茹不冷不热地附和了一句，然后又愤愤说道："顾校长，不，顾主任，请恕我直言，马克思不是说过，'只有禽兽才会漠视人类的苦难'吗？纵然资本家都是反动派，可他们也是人啊，他们有自己的人格，有自己的尊严哪！打他个皮开肉绽就能触及灵魂吗？"

想到屡遭批斗、被折磨得生不如死的陈伟，看着眼前道貌岸然的红卫兵司令、革委会主任，董洁茹再也按捺不住心头的怒火。

这一下，简直比扇顾大舟的耳光还难堪。他感到满脸火辣辣的，面部神经一阵抽搐。但，他竟然没有发作，而是竭力抑制了自己。

"洁茹啊，我知道，你对我有成见，有不满。不管你现在说话多难听，我都不计较。可是你也太固执，太死心眼了。你是聪明人，应该审时度势，好自为之。何必飞蛾扑火，自讨苦吃呢？怎么样，这段时间有体会了吧？和陈伟这样的人处对象究竟有什么好处？不仅这类人不吃香、没前途，就是上面的大人物又怎样？驰骋疆场几十年，到头来还不是被红卫兵掀下马来，落了个一败涂地、遗臭万年的悲惨下场吗？这就是残酷的现实。更何况陈伟这区区无名之辈——资本家的遗少。青年人嘛，虽疏于世故，但应为自己的前途着想，为自己的幸福着想才是。古人云：一失足成千古恨。这个道理你是不会不知道的。迷途知返，悬崖勒马才是明智之举呀，才不致酿成大错。洁茹啊，为了你牺牲的父亲，为了含辛茹苦把你从小拉扯大的年迈母亲，我考虑再三，还是劝你尽快和陈伟解除婚约、断绝关系为妙呀。"

"怎么，都到这份上了，您还要我们解除婚约，办不到。我不能出卖良心。"

"哼，良心，良心多少钱一斤？你没听人说：良心谴责一时，可得幸福一世吗？真是书呆子。"

"这是无耻，这是卑鄙。"

按理说，董洁茹的话已经呛得顾大舟够受了。可是他仍然没发火，依然极力控制着自己的情绪。他信奉"人不为己，天诛地灭"的处世哲学，他认为这哲学同样适用于别人。他相信自己的攻心战术会成功，于是，便又继续他不厌其烦的"规劝"。

"洁茹啊，你可以不听我的劝告，但总该为你母亲着想吧。你是一个孝顺的女儿，自幼失去了父亲，你母亲为把你拉扯大多么不容易，受了多少苦啊，你万万不可伤她的心哪。万一为这事气得她有个三长两短的，你不后悔？好啦，好啦。"

说着，顾大舟从口袋里掏出一张放大的男人彩色照片，放在了董洁茹面前桌子上。

"你看，多英俊的小伙子，可比陈伟那个病秧子强多了。要说学历、地位，他名牌大学毕业，刚被提升为省委宣传部副部长，前途无量啊。和陈伟比可是一个天上，一个地下呀。如果你跟了他，肯定衣食无忧、前程似锦哪，你切不可鲜花插到粪堆上啊。"

"顾主任，我倒奇了怪了，此人和你有什么关系，为什么偏偏找到我头上来了?"

"不瞒你说,自己人,他是我亲外甥——我姐姐的儿子。或许,我有点自私,有肥水不流外人田之嫌,我是诚心诚意想促成这桩美满姻缘,搁到外人,我是断然不会干这出力不讨好的傻事的。"

听了顾大舟这番话,好象一下子就能从他的面皮窥到他的骨髓,以及他那势利、肮脏而又卑劣的灵魂。她恶心透了,真想"呸"他一口,解解心中长久积聚的恶气。但出于礼貌,她忍了。

这时窗外雷声大作,一场暴风雨就要降临。

"好了顾主任,您的美意我心领了,谢谢您的厚爱和关心。婚姻不是金钱、地位的互换,我会自重的。真的对不起,给陈伟煎的药就要凉了,我还得给他送去。"

董洁茹终于下了逐客令。

"那好,我就不耽误你了。"

顾大舟悻悻而去,临出门,撂下一句:"我劝你不要榆木脑袋不开窍,不然你会后悔一辈子的。"

董洁茹"砰"地关上门,屋内又恢复了平静。只听到雷声,暴风雨声拍打着窗户,发出阵阵可怕的声响。给陈伟煎好的中药横竖送不成了。

"都怪顾大舟这个给鸡拜年的黄鼠狼。"

董洁茹在心中怒斥道。她太疲倦了,此时,感到浑身无力,整个人像散了架儿似的。

她深深地呼吸了一口长气,歪倒在床上,心力交瘁地闭上眼睛,再也不想这些乱七八糟的烦心事情。一切让命运之神安排吧,对她来说,哪怕是做一个短暂的、甜甜的美梦也是一种奢求……

……

"当当当……当当当"的早饭敲铃声把董洁茹从昏睡中惊醒。

她翻身下床，洗把脸，草草梳理了几下散乱的头发，正待开门，无意中发现了脚下一张折了几叠的一张大红纸和一张字条。她急忙弯腰捡起，打开一看，便"啊"的一声昏倒在地上。原来她看到的竟是她和陈伟的《离婚证书》。这打击太大了，简直是晴天霹雳。

不知道她在冰冷的地面上躺了多久才恢复了神智。泪水浸湿了碗口大一片地面，腮帮上沾满了泪泥。她睁开惶恐、呆滞的眼睛，捡起了纸条，她更有一种不祥的预感，她几乎一度不敢看它。条件反射已使她本能地意识到这是不祥之物，但她又不甘心不看它。终于，她怀着忐忑的心情，颤颤抖抖地打开了字条，艰难地扫视起来，那是她再熟悉不过的笔迹——

亲爱的洁茹：

请允许我最后一次这样称呼你吧。你爱我，我也深深地爱着你，我们的心早已紧紧地连在了一起。爱情给我们力量，给我们带来了幸福与希望。我们怀着炽热的心愿来到这所学校，决心把我们所学的一切毫不保留地献给它。遗憾的是，残酷的现实不允许我们这样做。对教学工作的呕心沥血也成为罪过。但，更令我不敢相信，不敢想像的是，就连我们的爱情也没有位置，我们爱的权利被无情地剥夺了。昨晚凌晨时分，顾大舟突然闯进我的病房，他说刚从你那里出来，并且已给你介绍了一个好对象，然后便把两张《离婚证书》甩到了我的面前。我相信，你绝不会做出这伤天害理的龌龊之事的。我的心碎了，比刀割还痛苦。洁茹，我对不起你，连累了你，使你在精神上、生活上遭受了极大的痛苦。这不能怪你，除了怨我倒霉的资本家出身，还能怨谁呢？你把纯真的爱情奉献于我，这是我人生最大的幸福。对于你的这份真情我将珍藏终身。忘掉我吧，我再也不会给你带来欢乐与幸福，只能是无穷无尽的祸患。他们已决定把我赶出学校，到黄河滩上去开荒种地，就在明天。不，就在今天，因为现在已是10月27日凌晨4点多了。你不要为我太伤感，千万要多多保重自己。对于以后的前途、命运，我不敢多想，但有一点我是深信不疑的，那就是祖国需要人才，需要科学文化。并且坚信党和人民迟早会谅解我们，接纳我们的。这次运动群魔乱舞、沉滓泛滥，既然是沉滓，终会被时代进步的潮流荡涤殆尽。鲁迅先生曾经说过，人类"生命的路是进步的，总是沿着无限的精神三角形的斜面向上走，什么都阻止它不得"。人的生命是这样，社会历史概莫如此。于是，通过这一时期的反省，我终于悟出了乌云遮不住太阳的道理。我不会自暴自弃，也决不会再有轻生的可怕念头。我们还年轻，不能就此完结，还要继续活下去，走我们认定的道路。或许，属于我们的灿烂黎明已不再遥远。

我是多么希望见到你诉诉衷肠啊，可是他们在监视着我，不准我接近你，要我在天亮之前必须离开医院，离开学校。我很想念你，不愿离开你，特别是这个时候。但又不忍心打扰你。这段时间你太辛苦了，我是多么希望你能多休息一会儿，哪怕一分钟也好。

亲爱的，多睡一会吧。那无视人权的"判决"，和我的这封信都放下了，让它作为永久的纪念吧。忘掉我，不要再为我做无畏的牺牲，为了你的生活和前途狠狠心另作选择吧，我绝不会怪罪你的。我衷心地渴望你得到属于自己的幸福。我会永远地把你视为最好的知己，最好的朋友，最好的同志。

没能向你告别，相信你会原谅我的。

多多保重。再见了，亲爱的洁茹！

陈伟

1967年10月27日4时50分

人的心灵一旦遭受痛苦的戕害，是很难承受新的打击的，这样他的精神会失去控制。这时，董洁茹的精神正处在这肝肠寸断、濒于崩溃的边沿。

她遭受的打击太重了，以至于令她猝不及防。她恨顾大舟，也恨自己的母亲，恨他们不该破坏她的幸福，干出那伤天害理、蔑视人身自主权利的事情。她恨那混乱不堪、是非颠倒的年代。她更可可怜陈伟。她把《离婚证书》一下撕得粉碎，发疯般冲出房门，一头扑进浓雾，向着陈伟去的方向拼命跑着，发出一阵撕心裂肺的哭喊：

"还我陈伟……陈伟呀……你在哪呀……顾大舟，你个恶魔……"

频繁而沉重的精神打击，无情地摧残着董洁茹那淳朴善良的心灵。一时间，她身上青春的活力消失了，脸上笼罩着一层厚厚的阴云，甚至变得有些神经质，有些抑郁。于是，泪水代替了歌声，无言代替了愤怒和反抗。她变成了另外一个人。

"这算什么样的教师？她已不胜任教学工作。"

不久，董洁茹在顾大舟们的干预下，也被迫离开了学校，调到红卫公社粮管所作了保管员。一对朝夕相处、相濡以沫的夫妻被时代的污泥浊水隔开了。

这不仅是他们两个人的悲哀，更是一个时代的悲哀，整个中华民族的悲哀呀！

八

陈伟走了，离开了他挚爱的音乐教育工作。

他来到了又一个陌生的地方，和其他外来的"臭老九"、"右派"、"改造对象"们住进了设在黄河滩上五七干校的茅草房。白天劳动改造，晚上在昏暗的煤油灯下读书、反省，或与同室"难友"侃聊，诉说各自的离奇遭遇。

远离了令人毛骨悚然的批斗现场，远离了纷扰的社会尘嚣。他们这些所谓的无产阶级的专政对象，生活虽然清苦、寂寞，但却获得了一时的安宁。

在他们被隔离的头几个月，"组织"上不允许他们相互间走动、探望，只准每月经检查确认无反动、敏感言论后，给对方邮寄一封书信进行情况沟通。虽仅此而已，但他们却已"知足"，只言片语慰离情。

随着1967年元月以张春桥、姚文元、王洪文为首的所谓工人阶级发动的"一月革命"风暴的来袭，持续20个月的全国激进派和保皇派武装夺权与反夺权的斗争甚嚣尘上；由于观点不同，昔日战友一夜成仇，大规模的流血事件不绝于耳、骇人听闻。对下层"牛鬼蛇神、资产阶级遗老遗少、残渣余孽"疾风暴雨般的胡批乱斗告一段落，使得陈伟这些所谓"专政对象"们获得了暂时的喘息机会，行动上也有了相对的"自由"。

于是，陈伟和董洁茹便有了见面的机会。

第一次见面是1968年端午节的前一天上午。那天是星期天，董洁茹一大早起床，梳洗打扮一番，骑着自行车，带了陈伟爱吃的枣糕、油馍、煎饼和时令瓜果，顶着烈日，一路风尘地来到相距三十多里的五七干校。当她多次打听，终于推开陈伟虚掩的房门时，屋内竟空无一人。十多平方米的简陋房间，打扫得干干净净，两张木板床上被子叠得整整齐齐，红泥巴糊就的墙上挂着一把小提琴，用木板钉成的书架上摆满了书籍，没上油漆的白色抽屉桌子上摆放着一盆盛开的芍药花，散发出诱人的清香。

"人哪去啦？" 董洁茹摸摸沏着柳叶茶的搪瓷茶缸还温温的。

"肯定没有走远。" 她想。

"哟，你一定是董洁茹同志，董老师吧？欢迎，欢迎啊！"

正当董洁茹埋头将陈伟换下的脏衣服按到洗脸盆里，准备往外找水时，一位满头白发、面容清瘦、戴着近视眼镜、约五十多岁的长者走了进来。

"请问您是……"

"我是陈老师的室友，刘兆铎，开封人。"

"刘教授您好，陈伟在信中多次提起过您，多亏有您对他无微不至的关心和帮助，太感谢您啦！"

"哪里话，相互帮助是应该的嘛。陈伟老师可是个好人，你没选错人。他知识面广泛，有理想，有抱负，有信念，为人忠厚、热情。在我们这帮'臭老九'中间有很好的人缘，是大家的开心果。他的小提琴一拉、笛子一吹呀，什么烦心事都烟消云散了。"

"哈哈，您只顾夸他了，他有那么好吗？"

董洁茹笑了笑说。

"当然喽，我可从来不违心奉承人哪。"

"谢谢大家对他的偏爱！来，尝尝俺带来的甜瓜。"

说着，董洁茹从帆布提包里拿出一个大牛角蜜甜瓜递给刘兆铎。

"青皮青肉，又脆又甜，掉到地上碎几瓣。"

"不不不，还是留给陈老师吃吧。"

"还有呢，您还客气什么？"

"好，那就谢谢了！"

"不用谢。唉，刘教授，请问陈伟他哪去啦？"

"刚才还在屋里看书呢，你没给他写信说你这两天要来？"

"没有啊。"

"噢，想起来了，准是又到黄河岸边吹笛去了。你看，刚才笛子还在床头放着呢。"

刘兆铎肯定地说道。

董洁茹将陈伟的衣服洗好、晒出之后，按刘兆铎的指点朝东南方向的黄河岸边走去。

阴历五月，骄阳似火，烤得董洁茹汗淋淋的，两眼直冒金星。到黄河岸边只有一条众人踩出的蜿蜒小路，坑洼不平，曲曲弯弯，两旁是大小不一的一堆堆沙丘，杨柳树上知了的鸣叫声此起彼伏，令人生厌。

当董洁茹深一脚浅一脚，踏着遍地黄沙，艰难地快要走到黄河岸边的时候，一阵东南风裹着悠扬、婉转的笛声隐隐约约、忽高忽低地回响在她的耳畔——

慈母手中线，

游子身上衣；

临行密密缝，

意恐迟迟归；

谁言寸草心，

报得三春晖。

……

"这是古曲《游子吟》，一定是他。他在思念故乡，思念亲人。"

董洁茹用手绢擦了擦额头的汗水，循着笛声飘来的方向，蹚着滚烫的沙土忘情地奔跑着。

董洁茹手搭凉棚望去，已清晰地看到陈伟坐在岸边一棵茂密的柳荫下正在吹奏着另一首曲子——马思聪的《思乡曲》：

自从为生活离开家乡，

外面的世界就充满了惆怅；

天南地北地闯荡，寻找梦想，

梦想究竟在何方，会在何方；

……

亲爱的爹娘，你们还好吗？

我们都在这里，牵挂着你们；

……

亲爱的姐妹，你们还好吗？

思乡的人在这里，会想着你们；

……

听着这荡气回肠、催人泪下的思乡曲，董洁茹两眼湿润了。她知道，陈伟是借此释放、倾诉胸中压抑已久的孤独、失落、惆怅和对故乡亲人的绵绵情思与牵挂。是啊，为了理想，为了爱情，他远离家乡，远离爹娘，事业未竟，却历尽了人间的风暴雨寒，踏遍了世上的沟沟坎坎；人情的冷暖，世道的艰难，游子的苦衷，情以何堪？只有她董洁茹感同身受。

"陈伟，陈伟……别吹了，把人的心都吹碎了。"

直到董洁茹站在陈伟的面前喊他的名字，陈伟似乎仍然深陷在思乡的情绪之中，腮帮挂着泪水。

笛声停了。陈伟回过神来，用惊愕的眼神望着眼前的亲人。

"你怎么来了？"

问罢，激动的泪水又情不自禁地流了出来。

"好了，好了，别激动啦。吹个笛子那么投入，就不怕伤身体？"

董洁茹一边安慰着陈伟，一边用手绢为他拭泪。活像一位姐姐在哄一个受了委屈的小弟弟。

董洁茹的不期而至，使得陈伟精神上得到了莫大的安慰，眉头的阴云一扫而光。他笑了，笑得那样开心。

"陈伟，你瘦多了，脸也晒黑了。"

董洁茹攥着陈伟的手，从上到下打量、端详着。

"瘦点怕什么。人们不是常说'苦其心志，饿其肌肤吗'？有你在我什么罪都能受，什么苦都能吃。"

陈伟颇为腼腆地说道。

"留得青山在，不愁没柴烧。再难再苦的事，挺一挺，时间长了就过去了。"

"但愿吧，我做梦都盼望着云开雾散的那一天。"

"相信乌云终究遮不住太阳，我们会熬出头的。快吃午饭啦，你一定饿了吧？来，你最爱吃的油馍。"

说着，董洁茹从挎包里取出用油纸包着的油炸食品，又拿出两个甜瓜，摆放在顺手掐来的几片蓖麻叶子上。

"多吃点儿，渴了就吃脆甜瓜。"

"已经很久没吃这样的美食了，谢谢你洁茹。"

"净说瞎话，谢什么？谁跟谁呀，啊？快吃吧。"

"好好好，我吃。"

陈伟搓了搓手，便狼吞虎咽地吃了起来。

"慢点吃，又没人和你抢，小心噎着。还有油炸枣糕、鸡蛋煎饼呢，够你吃的。"

董洁茹手托下巴，含情脉脉地凝视着陈伟。看着心上人吃得如此香甜，心里顿觉美滋滋的。

"洁茹，你怎么不吃，净看我吃了，看得我都有点不好意思了。"

"有啥不好意思的？快三十的人了，还知道不好意思？"

"不不不，我是说，我是说……真好吃，哈哈。"

陈伟边吃边盯着董洁茹，傻笑着，竟找不出一句合适的话回答她。

"总傻看我干吗？又不是没见过。唉！你看我是不是特显老?"

"不老，不老，一点也不显老。在我心目中你永远是那么年轻，那么美丽，那么楚楚动人。"

"去去去，什么时候学会拍马屁了？"

"咋能说叫拍马屁呢？你本来就美嘛！在我心目中你就是赛西施。"

"别净贫嘴啦，快吃吧。"

"你也吃呀。"

"我早上吃得饱，还不饿。哎，最近给你父母写信了吗?"

"啊，写了，我告诉他们我这里都很好。一切有你照顾，他们就放心了。"

吃完东西，陈伟来到汛期过后留下的水坑边，抓起一把黄沙搓洗了一下双手，又撩起清澈的水抹了把脸，感到从未有过的惬意。

"佳人陪，油馍香，瓜儿甜，好舒服哇!"

陈伟伸展着双臂，仰视着蔚蓝的天穹，宛若展翅欲飞的雄鹰。

面对爱人，面对此时此景，董洁茹心里忽然觉得一阵隐痛：

"苦中作乐，得过且过。希望的春天在何时?"

太阳偏西去。东南方向河面上的凉风，带着泥土的芳香徐徐袭来，使人感到神清气爽。

柳荫下席地相拥的他们，情真意切地向对方诉说着各自的相思之苦，诉说着"文革"动乱给他们带来的刻骨铭心之痛以及对于美好未来的无限憧憬。

就这样，她们推心置腹地聊啊聊啊，以至忘了时间的流逝。

"陈伟，咱们该回去了。"

"噢，时间过得真快。"

董洁茹拉起陈伟，拍拍身上的尘土，手拉手迎着橘红色的晚霞，向五七干校走去……

当他们俩来到宿舍时，刘兆铎已把玉米窝窝头、咸菜、稀粥打好放在了案头。

"快吃吧，干校的老三样。"刘教授笑呵呵地说道。

"谢谢刘教授的关心！"

董洁茹和陈伟有点儿不好意思。

"见外了不是？董老师把最好的美食和最好的甜瓜都让我共产啦，要谢理当谢谢董老师才对。"

"哎，洁茹，你不是说还剩不少枣糕、煎饼吗？快拿出来让大伙都尝尝，省得明天馊掉。"

"好主意，我怎么就没想到，快招呼人哪。"

等董洁茹拉开帆布提包，把带来的食品、甜瓜摆上桌面，呼啦啦屋里已进来六七位"专政对象"。穿戴整齐的，邋遢的，胖的、瘦的，老中青都有。

"董老师你好！欢迎到我们这不毛之地视察。鄙人姓孔，孔老二的孔，名世伟，世界的世，伟大的伟。澶州师范来的老九。"

一位留着小胡子的瘦高个中年男子首先开了腔。

"孔老师您好！"

董洁茹礼貌地握住了孔世伟已经伸过来的手。

"董老师辛苦了。我们大家都为陈伟老师有您这么一位贤惠、善良、知冷知热、甘苦与共的知心伴侣感到高兴啊！"

"您过奖啦！大伙才辛苦。"

198

　　"这位也是澶州来的，澶州师范美术老师，杨志远，杨老师，我们的老大哥。"

　　……

　　陈伟一一给董洁茹介绍着来者。

　　"各位随便坐，坐吧。"

　　董洁茹一边招呼大家坐下，一边给每位分发着食品和甜瓜。

　　大家边吃边聊，好像一场朋友聚餐，热热闹闹，其乐融融。

　　"当……当……当……"

　　熄灯铃敲过，来人都恋恋不舍地离开了。

　　"陈伟呀，天色已晚，如不介意，你就和董老师在这儿将就一晚吧。汪大河正好探亲，我搬到他那休息。"

　　刘兆铎好心相劝。

　　"不不不，这可不行。谢谢您的好意！我必须回去。"

　　董洁茹语气坚定、毋庸置疑地说道。

　　"那，那，天这么晚了，你一个人怎么回去?"

　　陈伟感到手足无措，未置可否地喃喃说道。

　　"听陈伟说，你们不是已领过证了吗? 领了证就是合法夫妻嘛。"

　　刘兆铎解释、安慰道。

　　"那也不行，我必须得走。"

　　"好了，实在不行，我到别的宿舍打地铺，你自个在这里休息成不?"

　　陈伟痴痴地望着董洁茹，情绪有些沮丧。

　　"那也不成!"

　　她的回答斩钉截铁。

　　"刘教授、陈伟，你们就不要为我费心了。我今晚不回红卫了，住郑庄表姐家。她们村离这里不过十多里路，骑着车子一个多钟头就到。"

"那怎么行啊?！一个女同志，黑灯瞎火的不安全。你执意要走，还是让陈伟和你做个伴送送你为好。"

刘兆铎在一旁建议着，并递给陈伟一只手电筒。

"快走吧，早去早回，注意安全。"

"谢谢刘教授。"

陈伟一边致谢一边推出隔壁孔世伟的山东产笨轮自行车，相互道了声"再见"，便和董洁茹消失在漫漫夜色之中。

董洁茹何以如此坚持要摸黑回去，是有一定道理的，那是中国传统女性的美德。按我们这儿的传统习俗，男女间领了《结婚证》，未举行结婚典礼仪式，还不算是真正意义上的结婚。只有举行过热热闹闹的结婚典礼仪式之后，夫妻才可以同床共枕，欢度良宵。否则，便不可以越雷池半步。董洁茹就是这样一位洁身自爱、守身如玉，把声誉看作比生命还金贵的女人。她深知臭舌头如利刃，伤人不见血的厉害，更知道一口唾沫淹死人的道理。

"陈伟，真是委屈你了，想我吗?"

借着微弱的手电光亮和惨淡的月色，董洁茹扭过头向与她并行的陈伟戏谑地问道。

"净说瞎话，怎能不想呢。我总想和你多待一会。唉……"

陈伟一本正经地回答着，心里免不了有点酸楚。

"是啊，人非草木孰能无情，我何尝不是。每天做梦都和你在一起，夫唱妇随，儿女绕膝呀。可，可是……"

"洁茹，你，你怎么了，你哭了?"

"没，没有……我只是……"

"相信乌云终将过去。你不是很欣赏郁达夫的《迟桂花》吗?

正因为它开在万花姹紫嫣红后才珍贵。因为它开得迟，才独具香气。迟桂，迟桂，历久而弥香。有情人终成眷属，愿我们都做迟桂花，让爱的雨露浸润它，使爱之迟桂生生不息，茁壮成长。"

"说得好，真可谓乐观的理想主义者。"

"怎么，你不认同我的说法？"

"认同，认同，我的秀才，我的好相公。"

说到这儿，他们都会心地笑了，笑得那样地开心，那样地陶醉。

……

他们俩边走边聊，忘却了黑夜，忘却了疲劳。抬眼望去，已依稀看到郑庄村里星星点点的幽暗灯火，听到阵阵犬吠声。

"就到了。陈伟，你快回吧，路上千万小心。"

"那好，你也要当心。"

"嗯，你就放心吧！"

陈伟下了自行车，将车子支好。用两只有力的大手紧紧地攥着董洁茹的双臂，动情地在董洁茹额头吻了又吻，舍不得离开。董洁茹也矜持地予以回应。

"好啦，好啦。再吻，我……"

就在董洁茹半推半就的刹那间，陈伟已用双唇贴向心上人湿润的嘴唇。董洁茹经受不住这突如其来的爱的袭礼，顿感头脑一阵眩晕，浑身一阵颤抖，爱的暖流传遍全身，几乎使她失去控制。她对着陈伟的嘴唇深深地吻了一口，便马上恢复了理性。

"陈伟，你别激动，求你冷静点儿好吗？"

说话间，她使劲推开了陈伟。

"你不是要我们都做迟桂花吗？再坚持坚持，我们爱的花朵就要盛开了。"

陈伟很快也恢复了理智。

这是他们恋爱以来最为深情的一吻，吻得那么投入，那么圣洁。

陈伟拉着董洁茹的手久久不肯松开。

“你今天是怎么了？生死离别似的。”

“我，我也不知道。也许，也许是情到深处难自持吧。”

“好啦，快回吧。我会抽时间常来看你的。”

陈伟掉转车把，恋恋不舍地跨上车子，很快融入寂静的夜幕之中。

“保重，路上千万注意安全。”

董洁茹矗立在原地，若有所失地在身后大声叮咛着。

“你就一百个放心吧。为了我们的梦想早日实现，我会的！”

……

九

五七干校的劳动改造生活是枯燥乏味的。远离亲人，与世隔绝。除了体力劳动，就是无休止的政治学习和违心的自我思想批判——上层建筑领域触及灵魂、脱胎换骨的思想改造。然而大肆鼓吹上层建筑领域闹革命的政治大佬们，却忽视了马克思“经济基础决定上层建筑”的英明学说。农村自然条件恶劣，生产落后，工厂处于半停产状态，生活、生产物资极度匮乏，计划中的国民经济处在崩溃的边缘。虽然人们食不果腹，但对于党和毛主席却忠贞不渝，即便饿得头脑发晕，依然坚定地跟着党和毛主席走。“谁反对以毛主席为首的无产阶级革命路线，就和他战斗到底”，“早请示，晚汇报”，饭前、会前“首先敬祝伟大领袖毛主席万寿无疆！敬祝林副主席永远健康、永远健康！”已成为机关、学校、厂矿、部队雷打不变的规矩。

说到业余文化娱乐生活更是枯燥乏味之极，所谓的文艺百花齐放，百家争鸣被束之高阁。五七干校的老九们虽说有几台自己组装的收音机，但充斥其中的文艺歌曲不外乎耳朵能生出茧来的《大海航行靠舵手》、《我们的队伍向太阳》、《义勇军进行曲》、《大刀向鬼子们的头上砍去》、《心中太阳永不落》等歌曲。地方剧种停播，演的、播的是清一色京剧《红灯记》、《智取威虎山》、《沙家浜》、《奇袭白虎团》四部革命样板戏。就这样，革命歌曲和京剧样板戏循环往复地播放着、演唱着，永不疲倦，听者却感到乏味之极。每逢这时，其他"专政对象"便会邀请陈伟为大家吹奏一曲阿炳的《二泉映月》、《游子吟》，或用小提琴拉一曲《梁祝》，以排遣心中的郁闷，寄托对远方亲人的思念。对于大伙的邀请，陈伟总是有求必应，于是就又多了"解闷疙瘩"、"音乐天才"的双重头衔。正是陈伟的演奏，才使原本单调、沉闷的干校业余生活丰富起来，人的精神面貌也好转了许多。

俗话说，人言可畏。对于陈伟的演奏，同时也不可避免地招来了个别激进分子的嫉妒和无端指责，并报告到改造大队上层领导。

一天午饭刚过，陈伟被人叫到大队部接受领导训话。

"陈伟，有人反映你近段时间老为众人演奏资产阶级的靡靡之音，涣散改造对象的意志，在为资产阶级腐朽思想招魂，可是真的?"

老八路出身、曾担任过孟良崮战役敢死队队长的劳改队队长高崇德坐在办公桌前声色俱厉地问道。

"报告队长，那不是靡靡之音，是我国民族乐库的音乐精粹，是瑰宝。"

陈伟战战兢兢地回答，生怕一句说错，招来横祸。

"是吗？我怎么不知道？难道冤枉你啦？妈的，邹老三这个爱嚼舌头的东西……"

"冤枉不敢。是靡靡之音还是精粹瑰宝，您可派人到县文化部门一问究竟。"

听到高队长骂邹老三，陈伟心里似乎有了底数，情绪也镇定了许多。

"政委，你肚里装的墨水比我多，毒草、淫靡我不懂，你认为呢？"

高崇德一边说一边转过身子，以询问的眼光看着左首坐着一言不发、同为部队营教导员的五七干校现任政委乔亚洲。

"啊，我看未必。好听的音乐不一定都是毒草，盲人阿炳的二胡独奏《二泉映月》和古曲《游子吟》我都听过，很好听，没什么大惊小怪的。万马齐喑，死气沉沉，个个萎靡不振，何谈思想改造？毛主席不是倡导'百花齐放，百家争鸣'吗？寓教于乐嘛！"

乔亚洲一本正经地说道。

"不是毒草就好。陈伟，你请回吧。这个邹老三，看我怎么收拾……"

"言者无罪，有则改之，无则加勉。只是不要嫁祸于人，心存不轨。"

乔亚洲满脸严肃地说道，同时站起身，仰起头，深深地吸了一口烟，缓缓地吐出来，烟雾打着旋儿向上升腾着，久久未能散去。临了，他撂给陈伟一句话：

"陈伟老师，你就放心地吹，放心地拉吧。我们都支持你。"

"谢谢政委！谢谢队长！谢谢领导的关心！谢谢领导的理解！谢谢！"

陈伟料想不到在五七干校，在这非常时期，还有实事求是、敢作敢当、明辨是非的好人。他确实感到受宠若惊。于是，便面朝两位教导员深深鞠了一躬，两行热泪禁不住流淌出来。

……

有了政委和队长的首肯与支持，陈伟的演奏激情骤然高涨起来。当晚的演奏地点也从自己的宿舍，换到了篮球场，听众一下子增加了不少，周围黑压压一片。

这晚，他为大家吹奏的第一支曲子自然是唢呐独奏——马思聪的《思乡曲》。由于有了领导的支持，他吹奏的技法比以前更为纯熟，双手手指纵情地在唢呐柄上滑动着，翻飞着，那样的娴熟，那样的激越，那样的扣人心弦。一曲终了，竟赢得满场喝彩声。

"好，吹得好，陈伟，再来一曲！"

陈伟抬眼望去，拼命鼓掌的竟是乔亚洲政委。

陈伟不负众望，开始了小提琴独奏：《梁祝》——

碧草青青花盛开，

彩蝶双双久徘徊。

千古传颂深深爱，

山伯永恋祝英台。

同窗共读整三载，

促膝并肩两无猜。

十八相送情切切，

谁知一别在楼台。

楼台一别恨如海，

泪染双翅化彩蝶。

……

历尽磨难真情在，

天长地久不分开。

……

"好好好！演奏得真好……"

悠扬、婉转的旋律把梁山伯祝英台的爱情故事演绎得淋漓尽致。陈伟再一次获得了全场听众的一致叫好。喝彩声、掌声经久不息。陈伟反复给大家鞠躬致谢。

"《梁祝》是大毒草，是资产阶级的靡靡之音，宣扬才子佳人加封建迷信，陈伟是在为资产阶级腐朽思想招魂，是在和毛主席的文艺路线唱对台戏……"

"奶奶的，是谁在那嚼舌头哇？胡扯！共产党就不要爱情啦？要！不要的话，岂不亡国灭种了吗？妈的，没有你爹娘的爱情，能有你吗？难道你是像孙猴子一样从石头缝里蹦出来的？如果不愿听，滚一边去！别总唯恐天下不乱。"

劳改大队大队长高崇德站在一只方凳上，气哼哼的，怒气未消。

"队长说得好！……队长讲得对！哗哗哗……"

人群中爆发出一阵欢呼声。

"队长，难道你就不怕有人到上面打你的小报告，说你是非莫辩，立场有问题吗？"

不知是谁在暗处提醒高崇德。

"笑话！怕？怕什么？当兵几十年，打鬼子，打老蒋，枪林弹雨都闯过来了，难道我还怕他娘的鸡鸣狗盗、爱打小报告的无赖？不做亏心事，不怕鬼叫门，恐怕让我怕的人现在还没出生呢！"

高崇德越说越来气。

"好了，好了。别耍你的犟脾气啦，消消气。各位，各位，请听我说几句。小提琴协奏曲《梁祝》，是委婉动听的爱情奏鸣曲，具有浓郁、醇美的民族艺术风格。它诞生于 1958 年的上海音

乐学院。在庆祝国庆 10 周年献礼演出时，独领风骚，声名鹊起，
而且受到陈毅元帅的赞赏。这么好的曲子，怎么能说它是才子佳
人加封建迷信呢？它不是什么封建迷信，更不是毒草，它所反映
的是一对知音男女如何向封建礼教的强烈抗争，是进步的，革命
的，是我国艺术宝库中富有浪漫色彩的艺术精华。因此，我想在
此提醒有些人，看人、看事不要总戴着有色眼镜违心地看待一切
事物，要尊重事实，要用唯物主义辩证法去认识，去判断，且不
可人云亦云，怀疑一切，打倒一切，乱扣帽子。对待音乐、对待
艺术作品也是如此。毛主席不是要我们百花齐放，吸其精华，剔
其糟粕吗？糟粕不可取，精华还是要的嘛！曾经有人说《红楼
梦》、《水浒传》是黄色书籍，是毒草，毛主席却不赞成这种观
点。譬如说陈伟老师刚刚演奏的小提琴《梁祝》不好吗？好，好
极了！俗话说，耳听为虚，眼见为实。早就听有人说，陈老师是
一位音乐天才，开始我还不相信呢。今天一见，果不其然，名副
其实，令人折服啊。这是我们干校的光荣。我们应该保护他、支
持他才对。对于这样一位难得的音乐人才，怎么好忍心再去亵渎
他、伤害他呢？这样是不公平的。只有少数心术不正的人才会干
出这不得人心的龌龊事来。……"

乔亚洲顿了顿，咳嗽了一声，清清嗓子继续说道：

"以上我说的话句句是肺腑之言，对于个别人的批评难免有过
激之处。所以，希望大家有则改之，无则加勉。趁这次机会，我和
高队长商量决定，从今天开始，每逢星期天五七干校全体人员白天
体育锻炼，晚上在这里举行娱乐活动。大家说好不好啊？"

"好！好！好！哗哗哗！哗哗哗！……"

老九们都在为非常时期能有这样敢作敢为的领导而欢呼雀跃。

……

时光荏苒，斗转星移，掐指算来陈伟已经在五七干校度过了三个春秋。他也由起初分不清芝麻、蓖麻，不会使用撅头、锄头、镰刀的羸弱书生逐渐成长为辛勤劳作的行家里手。1970年风调雨顺，麦子入囤，高粱、玉米、大豆、谷子等秋粮作物也丰收在望，萝卜、白菜、南瓜、冬瓜、西瓜等果蔬应有尽有，长势喜人。辛苦了一年的老九们心里也都个个乐滋滋的，也正是在这里才理解了一分耕耘，一分收获的真正含义。这天他们的任务是到玉米地里拔草。拔草必须彻底，干净，不然到了立秋季节就会结籽，为来年带来草荒。

"陈老师，你是不是哪里不舒服？"

刘兆铎望着面前一人多高玉米棵子下的田埂里，陈伟蹲坐在潮湿地上，手托下巴，正在那发呆，便急切地问了一句。

"没有，我很好。哎，刘教授，听附近老百姓说，玉米临到拔节时，能听到'嘎吱，嘎吱'的拔节声音，我怎么就始终听不到呢？"

"哈哈，你就别傻等啦。据老乡们说，只有在雨后的黎明时分才能听得到啊。"刘兆铎一本正经地说道。

"是吗，原来如此，我说呢。"

陈伟不好意思地笑了笑，站起身，拍拍屁股上的泥土。

"来，大家伙辛苦了。快出来到树荫下透透风，凉快一会儿。"

初秋的田垄似蒸笼，闷热无比。听到高崇德的喊话，大家纷纷从玉米青纱帐中走出，聚拢在田头一棵水桶般粗细的大柳树下凉快凉快，有的用草帽扇着凉风，有的解开上衣扣子，撩起衣襟擦着胸前的汗水。

"妈呀，这千里风一刮可真舒服。"

孔世伟说着，干脆把汗水浸透的衬衫脱下，甩到肩头。

"是啊，伏天高粱地里热死牛，哪凉快？树荫底下黄河边。哎，大伙都饿了吧？孔圣人，去，你和陈伟去豆子地里拔一捆快张嘴的干豆子，再刨些干豆叶来，我给大伙烧一次炸焦豆怎么样？"

高崇德一边使劲扇着草帽，一边吩咐着。

不到一根烟功夫，孔、陈二位便把一大抱干豆棵和干豆叶子抱了回来。

只见高崇德熟练地将干豆棵子均匀地排放在豆叶上面，点着了火。刹那间，一捆捆干豆子即噼里啪啦地四散炸开，飘出阵阵清香。火灭了，高崇德脱下衬衣，在还冒着余烟的灰烬上面一阵狂扇，灰飞烟灭之后，呈现在大家面前的竟是焦黄焦黄、香气四溢的满地焦豆子。

"还愣着干什么，快吃呀。"

高崇德第一个下了手。

"嗯，还真好吃……真香……"

大伙围在一起，风卷残云般美餐了一顿，鼻子脸上黑乎乎的。你笑他，他笑你，简直乐翻了天。

"不着急。"

说着，高崇德从自行车后架上解下一个鼓鼓囊囊的鱼皮袋子，把十几个青茄子倒在众人面前：

"吃了茄子留着皮，解渴洗脸两不误。"

高崇德捡了个茄子，熟练地用指甲划开一道缝儿，狠劲将茄子掰作两半，把茄子肉吃完之后，用剩下的茄子皮在脸上慢慢地擦拭着，黑乎乎的豆秸灰已荡然无存。

"队长，您这一手跟谁学的？连我这孔圣人都不知道。"

"你嘛，嘿嘿，你家的老祖宗孔老夫子不教你这一手啊。"

听到这儿，大家不禁一阵哄笑。

　　"要说这烧豆子跟谁学的，时间老早了，还要从当兵跟八路军抗日说起。1937 年七八月份，日本鬼子疯狂围剿山西武乡八路军总部，我们独立一营受命在黎城与榆社中间的狭窄地带设伏，袭击小鬼子到榆社的运粮车队，那时我还不满 17 岁，已任一连三排代理排长。部队在预设阵地潜伏了两天三夜，仍不见鬼子的踪影。由于是隐蔽作战，所带干粮有限，不到两天就吃光了。敌人封锁很严，后勤给养来不了，大伙都饿坏了，实在熬不住，就趁天黑到老百姓的地里刨几块生红薯啃啃充饥。是不是情报不准确？正当营首长用步话机请示上级，准备撤出阵地时，鬼子的运粮车队露头了，打头阵的是探路的五六辆摩托，个个架着一挺轻机枪，后面跟着十余辆载货卡车。好家伙，全营上下猛地来了精神，这回没白等，肚子没白饿。等小鬼子望风打头阵的摩托车刚拐进一个山旮旯儿，营长一声令下，迫击炮、轻重机枪、步枪、手榴弹各式武器一齐轰向鬼子车辆。押车的、开车的鬼子非死即伤，不到半个钟头就解决了战斗。等到前面探路的鬼子回过神准备掉头回援时，已经晚了十年八秋了。早已掐着咽喉的一连二排如猛虎下山、以迅雷不及掩耳之势，经过几分钟狂轰滥炸，就把十多个鬼子送上了西天。等我们打扫战场，清理战利品时发现卡车里不仅有大米白面，还有听装饼干、罐头呢。伏击战干净利落，又缴获了那么多战利品，全营上下欢呼雀跃，高兴坏了。于是，大伙寻思着总该奖赏点饼干、罐头，喂喂肚皮了。正当部分战士准备用枪刺撬开罐头美餐一顿时，营政委发话了，说缴获的战利品要一律上缴，由后勤部门统一分配。这下可好了，有了政委这番话，大伙饥肠辘辘地一言不发，只能是张飞看粪鼠——大眼瞪小眼了。有的干脆饿得瘫坐在地上。是啊，仗是打胜了，到部队驻地七八十里，大部分又是爬高上梯的山路，广大官兵什么时候才能顺利返回营地呢？正在各连主官一筹莫展、无计可施

210

时，人称'鬼精灵的'我们连连长江必成忽然跑到营首长面前一个立正报告：'报告营长、政委，我建议全营上下发扬爬雪山过草地，一不怕苦二不怕死的大无畏精神，勒紧裤腰带，再饿再累也要返回驻地。你们带二三连先撤，我连断后，怎么样？'"

"'好！就这样，立即撤回，一个也不许落下。'"

"营长和政委简单地做了动员，炸毁了汽车，率领部队带着战利品上路了。我们江连长眼看着大部队渐渐远去，不见了踪影，这才得意地笑了笑，捋了捋胳膊，冲着我喊道：'一排长。'"

"'到！'"

"'你带领一排快去后山坡黄豆地里拔些发黄的豆子，每人一捆，多弄些干豆叶子，干草也行。越快越好。二排，派几个人到路边的菜地里摘些茄子，快去快回。'"

"'是！是！'"

"来回不到 10 分钟，十多捆干豆子和豆叶、干草和一堆紫的、绿的茄子被弄了回来。江连长首先像我刚才的办法一样做了示范，各班、排如法炮制，前后不到 20 分钟，烧豆聚餐便告结束。吃过豆子，啃过茄子，大家立马来了精神。"

"'吃豆保密，不许瞎说。走！追大部队去。'"

"连长一声令下，全体官兵跋山涉水、穿林越障、隐蔽跟进，一个多钟头便赶上了前面的队伍。然而，难堪却在后头。在第二天的战斗总结大会上，政委当着全体官兵的面，对江连长提出来了严厉的批评，说他违反三大纪律八项注意，严重侵犯老百姓利益，影响恶劣。最终还上报总部，全军通报，给他来了个留职审查、以观后效的处分。事后才知道这次露馅不是有人告密，而是因通信员急于赶路没能把脸上的黑灰擦净，被营长发现追问所致。没想到，看似不大的事情竟然惊动了上层。到后来在总部领导的过问下，从缴获鬼子的大米白面中匀出了几袋，通过地方组织赔偿给受损失的老乡才算完事。那时的纪律就是这样，军令如山，不得越雷池半步。明白了吧？哈哈，这就是吃烧焦豆子的来历。一句话，和我们老连长学的。"

"队长，比起你们那些抗战英雄我们好多了。我们一定好好劳动，接受改造，为领导争光。"

孔世伟接着高崇德的话茬儿认真地替大伙表态。

"不是为我个人争光，是为国家争光。你们到这来不是因为某个人，是政策、是形势造成的。识时务者为俊杰，只要你们不给我们添乱子，我们绝不会难为大伙，一定会和大家和平共处的。我想，这也是缘分，你们说是不是啊？"

高崇德的话句句入理，在一帮"老九"中间引起不小的共鸣。

"是啊，是啊，高队长说得好，说得对，理解万岁！"

大家异口同声地议论着，欢呼着。

"想想邓小平，他那么大的官都下到江西劳动改造去了，我们这帮无名之辈还有什么想不通的?!"

一向不爱说话的杨志远细声细气地说道。

"不不不，杨老师，可不敢这样说，邓小平的问题中央还没有定性。"

高崇德好心提醒他，生怕他言过有失，引火烧身。

"是是是，我觉悟不高，我觉悟不高，请高队长责罚。"

杨志远说着，心里有些慌乱。

"哎呀，事情没你想的那么严重，你多虑啦。只是要求大伙不要道听途说，非常时期嘛，弄不明白的事情不必多说，省得自找麻烦，自讨苦吃。我劝大家一定要积极参加劳动，搞好生产，自食其力，改善生活，把身体养得棒棒的。啊?"

212

"哎，大伙都听清楚了吗？就按高队长说的做。"

刘兆铎一脸严肃地提醒着大家。

"听清楚了，队长您就放心吧，我们一定按您的要求做！"

大伙再次异口同声地附和着，发自内心地欢呼着。

"好了，好了，时间不早了，该吃午饭了，收工。"

高崇德望着散去的人群眯着眼，微微笑着，俨然像一位慈祥的牧师……

十

年复一年，日复一日的辛勤劳作，使陈伟这些所谓的"臭老九"们逐渐适应了这里的生活。远离了世间的纷纷扰扰，五七干校似乎成了他们修身养性的"世外桃源"。然而，整个国家的政治命运好像仍未从忽冷忽热、疟疾般的梦魇中走出。一个反对"资产阶级法权"、"对资产阶级全面专政"的政治风暴，如泰山压顶般袭来，搞得人们手足无措。久违的希望春天又罩上了厚厚的阴霾。真可谓：乌云低坠，青松垂泪，万众心欲碎。

"这又是怎么啦？哪出毛病啦？千万不能再折腾了。"

普通老百姓百思不得其解，一时陷入极度茫然、困惑之中。多灾多难的祖国在呻吟，善良的同胞在期盼，翘首盼望着云开雾散的明媚春天。

好在历史的巨轮总是不依人的意志滚滚向前，螳臂挡车终自灭。猖狂一时的"四人帮"没能逃脱"多行不义必自毙"的魔咒。以叶剑英为首的无产阶级革命家，审时度势，力挽狂澜，毅然把祸国殃民的"四人帮"扫进了历史的垃圾堆。国家真正意义上的美丽春天终于来到了。可是，两耳不闻窗外事，躲进干校成一统的老九们还没有苏醒过来。

　　"大快人心事，

　　揪出四人帮；

　　政治流氓文痞，

　　狗头军师张；

　　还有精生白骨，

　　自比则天武后；

　　扫帚扫而光，

　　……

　　野心大，

　　阴谋毒，

　　诡计狂。

　　真是罪该万死，

　　迫害红太阳。

　　……

　　传人是俊杰，

　　……

　　功绩何辉煌，

　　……"

　　"老刘，刘教授，你听，快起来，你听常香玉唱的是什么？"

　　陈伟被房门口有线广播里常香玉激昂、顿挫的豫剧清唱惊醒，忽地坐了起来，惊疑得一时不相信自己的耳朵。

　　"刘教授，你仔细听听。"

　　"大快人心事，揪出四人帮……"

　　广播喇叭里常香玉还在唱着。

　　"没错，没错，四人帮完蛋啦，四人帮完蛋啦！老天有眼哪！"

　　刘兆铎已翻身下床，提起空脸盆，往屋外跑去：

214

"我们终于熬到头啦，可熬到头啦!"

陈伟也赶忙穿好衣服，掂起唢呐跟了出来。

"嘀嘀哒，嘀嘀哒……哐哐哐，哐哐哐……快起来，四人帮完蛋了，四人帮完蛋了……嘀嘀哒，嘀嘀哒……"

唢呐吹着，所有"专政对象"们似挣脱樊笼的小鸟一般冲出宿舍，扯着嗓子叫呀，喊哪，像过年那样热闹、喜庆，人群顿时成了欢乐的海洋。

"我们终于熬出头啦! 我们解放了……感谢华主席，感谢党中央! 正义万岁! ……"

狂喜的声浪此起彼伏，经久不息。他们仍在哭着、笑着、喊着、发疯般跳着……

……

随着"真理标准"的讨论和对"两个凡是"的否定，党中央"拨乱反正"政策的逐步落实，董洁茹第一批恢复了教学工作。紧接着，陈伟也在不久后接到了平反、恢复名誉的通知。此刻，从接到通知的那一刻起，他，不，差不多的"老九们"都流泪了，流得那么酣畅，那么地倾心，那么地不能自已。长歌当哭，痛定之后，那是欢欣鼓舞的泪水，是积蓄太久的不平和冤屈的苦水……

天地都为之动容，魔鬼当为他们忏悔……

……

1977 年 3 月的一个暖暖春日上午，董洁茹打扮整齐、神采飞扬地骑着崭新的"凤凰"自行车飞到了我的面前，略为羞涩地说:

"志中哥，今天忙不?"

"不忙，啥事? 噢，想起来了，是不是去接你那位白马王子呀?"

我明知故问。

"还什么白马王子呀，都已不惑之年了。不说这没意思的话了，劳你的大驾，和我一块接他行不？"

"当然可以了，只要你们不嫌我这个电灯泡碍眼就行。"

"别贫了，快走吧。"

我和同事打过招呼，交代了一下工作，便和董洁茹骑上自行车向五七干校赶去。

我们沐浴着和煦的春风，骑行在宽敞、平坦的柏油马路上，道路两旁绿柳婆娑，遍野的桃花散发出沁人心脾的清香；三五成群的花喜鹊自由自在地在枝头飞来飞去，叽叽喳喳地嬉戏着，汇成了一首和谐的春之奏鸣曲。如画的自然春色，令人遐想无限，心旷神怡。

"祖国的大建设一日千里，

看不完数不尽胜利的消息。

……

离城市到农村接受教育，

……

我恨不能插上翅膀飞。

……

桃花谢梨花开，

杨柳吐絮；

一转眼又半年，

我又恨又急。"

"好！唱得太好啦！洁茹，好久没听你唱了，你是不是触景生情啊？太投入了。"

听着董洁茹这声情并茂的豫剧《朝阳沟》唱段，我才悟出触景生情的真正含义。

"也算是吧。不过，要唱我和陈伟的悲欢离合，还要改改戏词。春天来了，我的心情从来没有像今天这样高兴过、激动过。整个人好像一下子变年轻了许多。"

是啊，只有熬过了寒冬的人，才能体会到春天的可贵。此刻，他再也不是痛定思痛的长歌当哭，而是对于美丽春天和自身未来的由衷礼赞。

"哎，洁茹，准备什么时候完婚哪？"

我趁机问道。

"我想听听老大哥的高见。"

"要我说嘛，定在明年元旦最好。新年伊始，万象更新。新人回归，喜结连理；苦尽甘来，万事大吉！怎么样？"

"好，就听你的。不愧是做宣传工作的。"

"你可不要挖苦我哟。哈哈哈哈……"

"哈哈哈哈……"

"快蹬吧，陈伟肯定等急啦。"

"不急，说好了，在干校吃午饭。"

"是吗？"

"对呀。"

"哎，洁茹，现在你妈还反对你和陈伟结合吗？"

"现在她还反对啥？陈伟都平反了，又恢复了工作。给我们结婚的四大件和双铺双盖准备好啦。她只是为难新女婿进门不知道说什么才好。"

"那还不好说，好酒好菜好招待，酒杯一响泯恩仇，到时我陪客，可别忘了啊？"

我和董洁茹一路说说笑笑来到了十多公里外的五七干校，陈伟已早早地等候在干校门口。

"老同学，辛苦了……"

陈伟说着，一下子抱着我，眼里噙着泪水，久久不肯松开。

"好啦，好啦，别激动了，一切都过去了。今天你应该高兴才对。相信面包会有的，一切都会有的。"

"是是是，一切都会有的……"

……

干校的午餐是丰盛的，八菜四汤，八人一桌。鸡鸭鱼肉、四喜丸子等一应俱全。由于我宣传部副部长的头衔，自然被请到领导席就坐。陈伟和董洁茹也破例被邀到我的身边作陪。

"同志们，在座的各位老师，各位专家，各位朋友，大家上午好！"

围坐在一起的"老九"们，群情激昂，洗耳恭听着乔亚洲的最后一次演说，第一次听到他敢于堂堂正正地称他们为同志、朋友。雷鸣般的掌声响彻饭堂大厅。乔政委打了打手，继续动情地说道：

"同志们，今天这次聚餐将是我们多年来，也是唯一一次像模像样的午餐，也可能是最后一次午餐。因历史的机遇，让我们聚集在了一起，既是不幸，也是缘分。几年来，我们朝夕相处，一起劳动，相互学习，培养了深厚的情谊。我们都要无比珍惜这份来之不易的友谊！今天，我想奉劝大家的是，不要嫉恨我们的党，更不要嫉恨我们的人民。党是英明的，人民是爱我们的。没有人民的支持、党的力挽狂澜，恐怕我们没有这么快就得到了平反、获得了新生。所以说，大家要放下包袱，开动机器，在各自的工作岗位上，履职尽责，重铸辉煌，永远做无愧于党和人民的知识分子。党和人民正期待着你们的回归！午饭后，大家就要各奔前程了，我和高队长还真有些恋恋不舍，心里空落落的，甚至有些心酸。俗话说，再好的宴席也有人走客散的时候。几年来，让大家在这里受了不少委屈，难免有得罪之处，还请大家多多海涵。最后，希望大家吃好喝好，多留宝贵意见，并祝大家一路平安、健康到永远！"

听完乔政委情真意切的最后致辞，全场的人们同时站起身来，报以热烈的掌声。

"机会难得，趁离开席还有一点时间，我提议陈伟老师给大家出一个节目怎么样？"

掌声刚落，高崇德一跃站起身，提了这个要求。

董洁茹和陈伟两双眼睛犹豫不决地对视着，怯怯的，不知如何是好。

"这个提议不错。早就听说陈老师的女朋友董洁茹同志也是出了名的好嗓子，还有什么不好意思的呢？！百闻不如一见，今天，就请他们俩给大家来一个夫拉妇唱怎么样？"

乔亚洲在一旁鼓动着。

"好！好好好！……陈伟，你就和夫人露一手吧……要不然就没机会啦……让大伙开开眼界吧……鼓掌……"

周围的人七嘴八舌地煽动着，大有不唱誓不罢休的味道。

盛情难却，拒之无礼。

无奈，董洁茹和陈伟站起身，向在场的各位深深地鞠了一躬。

"谢谢大家的鼓励，唱什么呢？……"

"就唱夫妻双双把家还。"

正当陈伟犹豫不决的时候，站在远处的孔世伟两手搭了个喇叭嘴高声喊道。

"我看还是唱一首电影插曲《送别》吧，今天大家就要各奔东西了，不知道什么时候再见面，留个念想吧。"

董洁茹大大方方站起身说道，礼貌地环视了一下四周的人群。

"好！也好啊！那就请快唱吧，大伙都等不及啦。哗哗哗，哗哗哗……"

又是一阵雷鸣般的掌声。

……

"送君送到大树下，

心里几多知心话。

出生入死闹革命，

枪林弹雨把敌杀。

……

半间屋前泉水流，

革命的友谊才开头。

哪有利刃能劈水，

哪有利剑能斩愁。

……

送君送到江水边，

知心话儿说不完。

风里浪里你行船，

我持梭镖望君还。"

陈伟小提琴拉出了激情，董洁茹演唱得声情开茂，把人们的思绪拉回到炮火连天、情人生死离别的历史氛围之中，在场的人被深深感染了。他们忘情地抹了抹激动的眼泪，不好意思地连连鞠躬施礼。听着周围接连不断的"再来一首……再来一首……"的呼喊和不断的掌声，董洁茹看看陈伟："要么再来一首？"

陈伟会意地点点头。

"长亭外，古道边，芳草碧连天。

晚风拂柳笛声残，夕阳山外山。

天之涯，地之角，知交半零落。

一觚浊酒尽余欢，今宵别梦寒。

……

问君此去几时来，来时莫徘徊。

……

人生难得是欢聚，唯有别离多。"

……

午餐过后，真正的离别开始了。几十号人争相拥抱、话别，嘘声、哭声连成一片。

"人生难得是欢聚，唯有别离难……呜呜呜……

是谁在哭？

循声望去，平时大大咧咧爱开玩笑的孔世伟抱着陈伟动情地唱着，早已泣不成声。

"别激动了，拣好的想嘛。不久的将来就是陈伟他们大婚的好日子，很快我们就又相聚了。"

刘兆铎在一旁安慰着大伙。

"是啊，是啊。到时候陈老师可别忘了通知我们大家喝喜酒。"

"不会，不会的，一定请大家前来喝喜酒。"

陈伟真诚地说道。

"再见！……再见！……请多保重！……你们也多保重……"

乔亚洲、高崇德和"老九"们一一握手道别。望着众人逐渐远去的背影，两人心潮澎湃，静静地站在那里，怅然若有所失……

十一

十年动乱，让他们被人为地隔离了十年。十年的痛苦磨砺不但没能让他们分开，反而使他们的感情更加深浓。像历尽寒冬的梅花，像阅过世间百花的迟桂那样，更显得独领风骚、难能珍贵、旷世坚贞。

我们的事业是波澜壮阔的，丰富多彩的，是人们创造了历史，导演了一幕幕触目惊心、荡气回肠的爱情悲喜剧。假如我们的艺术工作者了解、同情这对知音夫妻悲欢离合的过去和现在，对他们的故事稍加整理和修饰，不就是一部难得的艺术珍品吗?!

………

讲到这里，报幕姑娘亲切、婉转的声音敲响了我的耳鼓：

最后一个节目，请大家欣赏电影《神圣的使命》插曲——《心上人啊，快给我力量》。演唱者董洁茹，钢琴伴奏陈伟。啊，又听到我熟悉的歌声了。

"情切切，意惶惶，泪眼盼春光……花零花落啊，夜月西沉啊，心破碎，神黯伤。

"孤独痛苦……是谁种下这祸秧？怨重重，恨悠悠，正义难伸张。……雨过花红，云开月朗，有情人情更长。啊……"

悲凉、深沉的歌声，董洁茹面颊上晶莹的泪珠，好像也在诉说着他们的悲欢离合以及爱情的风雨历程。

歌声的魅力掀开了听众的感情闸门，使他们与歌者的情感、思绪一起漫游，不少人落泪了，以至于忘了鼓掌。

人们在这感情的海洋里漫游着，遐想着，却又被推进了另一个激越、奔放的感情漩涡。啊，第二首歌曲开始了——

"幸福的花儿心中开放，爱情的歌儿随风飘荡，我们的心儿飞向远方，憧憬那美好的革命理想。啊……

"并蒂的花儿竞相开放，比翼的鸟儿展翅飞翔，迎着那长征路上战斗的风雨，为祖国贡献出青春的力量。

"亲爱的人啊携手前进……我们的生活充满阳光……"

是啊，多么优美、动听的歌声呀！这歌声、这曲调，不正是他们心底情感的艺术表露吗?! 这歌声像阳光, 驱散了笼罩在他们心头的阴云, 融化了他们心头的寒冰; 这歌声似春雨如战鼓, 滋润了他们的心田, 激励他们迎着新时代的风雨, 像无所畏惧的海燕, 展翅飞翔!

写成于 1981 年春月

成稿于 2014 年冬月

后　记

笔者出生于50年代的贫困乡下，经历了1958年的狂热、60年代的饥荒和70年代的浩劫。见证和亲历了发生在那个特殊年代太多的世间百态和被扭曲了的社会乱象。社会上真善美、假丑恶的标准本末倒置，真理与荒谬并行，上演出太多令今人匪夷所思的荒诞故事。特别是在婚姻爱情方面，由于拜金、尚权、攀龙附凤等歪风邪气的盛行，笔者目睹了一幕幕因爱而生的悲欢离合、生离死别，令人荡气回肠、刻骨铭心，终生难以释怀。

"爱情本身是神圣的、纯洁的，容不得践踏和玷污；甘苦与共、相濡以沫的婚姻才能获得世人的称颂；玩弄爱情内在规律的人必将为人们所唾弃。"这就是笔者几十年来改来改去、笔耕不止、乐此不疲的创作初衷。

文艺创作来源于社会生活，但又高于生活，不是真实生活的照搬，是从现实生活中攫取有价值的素材，并加以加工、提炼而来。书中难免出现与读者曾经经历过的场景、事件相类似的描述，恳望诸君不要对号入座、自讨郁闷。如有雷同，实属巧和。

《初恋变奏曲》、《知音风雨路》在知名军旅作家尹家民老师的精心指导下，像一对儿命运多舛的畸形儿，经过多次疗治，终于结伴问世了。在此，笔者对长期关注、支持我的良师益友表示衷心的感谢！

2014 年冬月于海南寓所